LA SURPRISE DE NOËL

Titre original : *Merry and Bright*

Traduction publiée avec l'accord de Ballantine Books,
une marque de Random House, un département de Penguin
Random House LLC

Traduit de l'anglais par Marion Przetak

Ce livre est une œuvre de fiction. Les noms, personnages, lieux et événements décrits sont le produit de l'imagination de l'auteure ou sont utilisés de manière fictive. Toute ressemblance avec des événements réels ou des personnes existant ou ayant existé ne serait que coïncidence.

29 boulevard Raspail
75007 Paris – France
www.editionsdivaromance.fr

ISBN : 978-2-36812-338-6
Maquette : Patrick Leleux PAO

LES LECTRICES ONT AIMÉ !

« J'ai passé un excellent moment avec cette lecture. Une romance de Noël, pleine de douceur et de tendresse, à découvrir accompagnée d'un bon chocolat chaud sous un plaid, les longues journées (ou soirées) d'hiver ! » Christelle du blog *Stella's books*

« À cette belle histoire, rajoutons toute la magie et l'esprit de Noël qui sont bien présents. Je pouvais sentir l'odeur des sapins et des sucres d'orge. Depuis, je compte les jours jusque Noël ❤ » Laeti du blog *Lire ou dormir il faut choisir*

« C'est une romance doudou, qui fera frémir les grandes romantiques. (…) Un récit qui se lit rapidement et que vous apprécierez sans aucun doute. » Diana du blog *Follow the Reader*

« La plume de Debbie Macomber est vraiment agréable, il y a beaucoup d'humour et de chaleur humaine dans ce roman. (…) Cette romance a tout pour vous faire fondre. » Marlène du blog *Le monde enchanté de mes lectures*

Pour en savoir plus sur les Lectrices Diva romance, rendez-vous sur la page : **www.editionsdivaromance.fr/lectrices-diva-romance**

Debbie Macomber

LA SURPRISE DE NOËL

ROMAN

Traduit de l'anglais
par Marion Przetak

DIVA ROMANCE

Note de l'auteure

Noël 2017

Chers amis,

Après toutes ces années passées avec vous, mes lecteurs, je sais que vous comptez sur moi pour vous offrir une nouvelle romance de Noël, et c'est avec un immense plaisir que je me suis exécutée. Répondre à vos attentes est l'une de mes plus grandes joies d'auteure. J'ai toujours adoré Noël. Je suis de ceux qui, dès que décembre pointe son nez, décorent absolument tous les recoins de la maison de multiples guirlandes lumineuses, crèches et autres petits sujets. C'est plus fort que moi. (Wayne est un mari indulgent.)

Je dédie ce roman au couple qui a acheté notre maison de Floride, dans l'espoir qu'ils s'y plaisent autant que Wayne et moi. S'en séparer a été un déchirement, mais nous avons le sentiment d'avoir laissé ce foyer cher à nos cœurs entre de bonnes mains.

Récemment, Wayne et moi avons décidé qu'il était temps de passer une partie de nos hivers à voyager de par le monde, au lieu de rester toute la saison à un seul endroit. *Notre grande aventure avant la sénilité*, voilà comment nous l'avons appelée. Nous avons déjà organisé notre prochain voyage. Cet hiver, nous partons explorer la Grande Muraille de Chine.

La Surprise de Noël est une histoire joyeuse. J'espère que vous avez la possibilité de vous accorder une pause dans le tourbillon des fêtes et de vous installer confortablement pour la lire. Puisse cette histoire vous apporter le sourire, illuminer votre hiver, et le réchauffer un peu.

Depuis la publication de mon tout premier roman, j'attends à chaque fois les retours de mes lecteurs avec impatience. C'est encore le cas aujourd'hui. Vous pouvez me contacter sur mon site www.debbiemacomber.com, mais aussi sur Facebook, Twitter ou Instagram. Vous pouvez également m'écrire à P.O. Box 1458, Port Orchard, WA 98366, USA.

Je terminerai en vous envoyant mes vœux les plus chaleureux en cette période de fêtes.

Joyeux Noël.

À Barbara et Don Gervais,
Puissiez-vous connaître bien des années de bonheur
dans votre nouveau chez-vous à Vero Beach, Floride.

1

Merry

— Maman, je dois rester tard au bureau. Je ne vais pas pouvoir t'aider avec le dîner, annonça Merry à sa mère au téléphone.

— Encore ?

— Oui, désolée.

Merry détestait l'idée de laisser sa mère préparer le repas seule. Robin Knight souffrait de sclérose en plaques et, à cause de complications de sa maladie, elle se déplaçait avec difficulté. Bientôt, le fauteuil roulant serait inévitable.

— C'est la troisième fois cette semaine, Merry.

Inutile de le lui rappeler. C'était la troisième fois en quatre jours. Matterson Consulting, l'entreprise pour laquelle Merry travaillait en intérim, était impliquée dans un énorme projet – son plus gros en date – pour la société Boeing. Et comme l'échéance approchait à grands pas, la direction avait récemment imposé des heures supplémentaires à tout le monde.

En temps normal, peu d'employés bouderaient la hausse de salaire qui allait de pair. Le problème, c'était que Thanksgiving venait de passer, marquant le début de la période des fêtes. Partout, on sortait déjà sapins et guirlandes, on courait dans les magasins à la recherche de cadeaux, ou encore on planifiait soirées, voyages, grands repas et toutes ces choses qui faisaient le charme de la fin de l'année. En revanche, pour les employés de Matterson Consulting, rien de tout cela n'avait d'importance. Noël aurait aussi bien pu être rayé du calendrier.

— Ne t'en fais pas pour le repas, ma chérie, assura Robin. Patrick va m'aider.

Merry ferma les yeux et se ratatina sur son fauteuil de bureau. Son frère de dix-huit ans était atteint de trisomie. Il était le soleil de sa vie et avait un cœur d'or, mais il avait aussi la fâcheuse habitude de transformer la cuisine en champ de bataille quand il s'approchait des fourneaux.

— Réchauffe plutôt de la soupe et demande-lui de préparer des sandwichs, suggéra-t-elle à sa mère.

— On peut faire ça, oui. En revanche, je te préviens, on est à court de croquettes.

Merry avait pris l'habitude de se charger des courses depuis que l'état de santé de sa mère s'était dégradé, mais ses nouveaux horaires de travail ne lui laissaient guère le temps de le faire. Et Bogie, le golden retriever de Patrick, avait autant d'appétit qu'une équipe de football américain en pleine croissance...

— Oh, Maman, je suis désolée. Pauvre Bogie. Je ferai un saut au magasin avant de rentrer.

Elle en profiterait pour racheter aussi du lait et du pain. Et peut-être aussi de la glace pour Patrick, histoire de le remercier de ne jamais rechigner à donner un coup de main à leur mère.

— Ton père peut s'en occuper sur le chemin du retour...

— Non, non, la coupa Merry. Ne l'embête pas avec ça.

En tant que représentant pharmaceutique, son père était très souvent amené à parcourir le nord-ouest du pays en long, en large et en travers. Et après une longue journée sur les routes, Merry ne voulait pas qu'il se fatigue davantage en rentrant à Seattle. C'était à elle de faire les courses. C'était sa responsabilité.

On se serrait les coudes dans la famille. Les Knight ne roulaient pas sur l'or, mais ils s'aimaient tendrement et pouvaient toujours compter les uns sur les autres. Merry avait accepté un contrat d'un an chez Matterson Consulting pour financer ses études, puisque ses frais de scolarité dépassaient largement le budget serré de sa famille. On l'avait engagée spécifiquement pour le projet Boeing et, depuis, elle travaillait d'arrache-pied au service de saisie de données. Après des mois à réunir toutes les informations nécessaires, le projet allait bientôt aboutir. Le contrat de Merry s'achèverait officiellement au Jour de l'an ; toutefois, la direction avait laissé entendre que les employés pourraient bénéficier de la dernière semaine de décembre si le rapport était rendu avant l'heure, soit le 23 décembre.

En près d'un an, elle s'était liée d'amitié avec les deux autres femmes de son service, qui l'avaient accueillie à bras ouverts dans l'équipe et lui demandaient souvent conseil. Merry n'était qu'intérimaire, mais elle remplaçait la chef de service et était donc plus qualifiée que ses deux collègues.

Merry profita du blanc dans sa conversation téléphonique pour prendre une bouchée de son sandwich au beurre de cacahuète. Elle avait l'habitude de rester au bureau pendant sa pause pour continuer de travailler. Beaucoup d'employés de la boîte déjeunaient au *diner* du coin, mais même si l'on y mangeait bien, vite et pour pas trop cher, Merry ne s'y rendait qu'une fois par semaine afin de ne pas chambouler son budget. Le reste du temps, elle apportait son propre repas au bureau.

— À quand remonte la dernière fois que tu es sortie, Merry ?

Merry fit mine de ne pas comprendre la question.

— Je sors tous les jours.

— Sortie avec quelqu'un, j'entends.

— Maman ! Je n'ai pas le temps pour ça !

La question ne surgissait pas de nulle part : Dakota, la meilleure amie de Merry depuis le lycée, venait de tomber enceinte.

— C'est bien ce qui m'inquiète, ma chérie. Tu as vingt-quatre ans et tu vis comme une nonne.

— Maman !

— Patrick a une vie sociale largement plus développée que la tienne.

Merry ébaucha un sourire. Sa mère n'avait pas tort. Grâce à une association qui lui permettait de fréquenter d'autres adolescents atteints de trisomie 21, son petit frère participait souvent à des soirées dansantes et plein d'autres activités. Au lycée, il faisait du théâtre et du football américain. Il avait aussi une petite amie.

— Il serait grand temps que tu arrêtes de t'en faire pour nous et que tu t'amuses un peu.

— Mais je m'amuse ! se défendit-elle.

Elle avait des amis. Même si elle ne les voyait pas souvent, ils restaient en contact sur les réseaux sociaux, et ils échangeaient beaucoup de textos et d'emails. Quand Merry était trop occupée (souvent, donc), elle communiquait par emojis, et maîtrisait désormais l'art de raconter plein de choses avec juste quelques symboles.

— Et tous ces sites de rencontre dont on entend parler ? renchérit sa mère. Est-ce que tu as déjà pensé à en rejoindre un ?

— Non, soupira Merry en levant les yeux au ciel.

Elle espérait pouvoir consacrer plus de temps à sa vie sociale une fois qu'elle aurait repris ses études. Sans vouloir jouer les martyres, elle ne pouvait nier que, parfois, les obligations familiales lui pesaient un peu. Elle savait bien qu'elle passait à côté de plein de choses pendant que ses amis profitaient de la vie, mais elle essayait de ne pas trop y penser. À quoi bon se morfondre ? La vie était ce qu'elle était. Et sa famille avait besoin d'elle.

— Pourquoi ne pas t'y inscrire, juste pour tester ? suggéra Robin. Ça serait rigolo.

— Maman, est-ce que tu as vu la quantité de formulaires et de questionnaires qu'il faut remplir pour s'inscrire sur ces sites-là ? Je n'ai pas le temps pour ça.

Surtout en ce moment, songea-t-elle. *Mon job est déjà assez contraignant comme ça.*

— Alors, trouve le temps.

— Je m'en occuperai un jour, dit-elle, dans l'espoir que sa mère s'en contente pour l'instant.

— « Un jour », Merry ? Ne pas planifier revient à planifier son échec.

— Maman. On croirait entendre un coach de vie.

Pourtant, sa mère n'avait pas tort. Ce n'était juste pas le moment idéal.

— J'y réfléchirai après le Nouvel An, promis.

C'était sur le site de rencontre Lucky Wink que Dakota avait rencontré l'amour de sa vie. Encouragée par l'expérience réussie de son amie, Merry avait jeté un œil au site et avait même commencé à remplir le formulaire par curiosité. Mais les centaines de questions l'avaient vite exaspérée, et elle avait abandonné derechef.

— Il faut que tu sortes davantage, insista sa mère. Que tu profites de la vie. Tu ne cesses de travailler.

— Je n'ai pas dit le contraire. Après les fêtes, OK ? Laisse-moi d'abord finir mon contrat.

— Ça a marché pour Dakota.

— Maman, s'il te plaît, arrête. Je suis jeune. J'ai plein de temps pour ces choses-là.

Merry n'avait pas besoin qu'on lui rappelle que sa meilleure amie avait déjà eu son *happy end*. Après sa rencontre avec Michael, Dakota lui avait chanté les louanges du site pendant des semaines. On aurait dit un loup qui hurlait à la lune. Il avait fallu que Merry promette d'essayer à son tour pour que Dakota cesse de l'embêter avec ça.

— J'ai eu sa mère au téléphone, ce matin. Est-ce que tu sais qu'ils attendent un bébé ?

— Oui, Maman, je suis au courant.

Merry s'apprêtait à mordre de nouveau dans son sandwich lorsqu'elle se figea en plein mouvement : Jayson Bright, le vice-président de l'entreprise, traversait son service. Comme toujours, il affichait un visage fermé, l'air aussi heureux que quelqu'un sur le point de passer sous la fraise du dentiste. C'était l'un des hommes les plus austères que Merry ait jamais rencontré. Elle ne l'avait jamais vu sourire. Pas une seule fois en près d'un an.

Jayson Bright s'arrêta devant Merry et la considéra un instant, puis son regard tomba sur la plaque posée sur son bureau : MARY KNIGHT. Par deux fois, déjà, Merry avait demandé aux ressources humaines de corriger l'orthographe de son prénom, sans succès. Forcément, pourquoi se donnerait-on cette peine pour une simple intérimaire ? Elle avait donc fini par laisser tomber.

Son patron leva ensuite les yeux vers le sandwich dans la main de Merry et le regarda avec insistance.

Merry se demanda s'il avait faim. Et si elle lui en proposait la moitié, juste pour rire ? Non, mauvaise idée. Il serait capable de se vexer ; le concept même de l'humour devait lui être étranger. Finalement, l'homme fronça les sourcils, puis s'éloigna sans un mot.

— Merry, tu m'écoutes ?

— Non, désolée, Maman. J'étais distraite.

La réaction de M. Bright la tracassait. Les employés n'avaient-ils pas le droit de manger à leur bureau ? Elle le faisait pourtant depuis presque un an et on ne le lui avait jamais reproché.

— Merry ?

— Maman, il faut que je raccroche. Je te rappelle avant de quitter le bureau.

— OK. Mais pense bien à ce que je t'ai dit, d'accord ?

— Oui, Maman.

Délaissant son téléphone portable sur son bureau, Merry ne put s'empêcher d'imaginer sa rencontre avec son prince charmant. Une chose était sûre : son prince charmant, s'il existait, ne serait pas aussi austère et guindé que Jayson Bright. Elle secoua la tête pour chasser cette vision saugrenue de son esprit et se remit au travail.

Elle ne fut pas surprise de recevoir un email de la direction moins de deux heures plus tard.

Il est préférable que les employés s'abstiennent de se restaurer à leur poste. Pour celles et ceux qui ne souhaitent pas quitter le bâtiment, sachez qu'une salle prévue à cet effet est à votre disposition. Merci de votre compréhension.

Jayson Bright
Vice-président
Matterson Consulting

Cette annonce soudaine avait beau s'adresser à l'ensemble du personnel, Merry n'était pas dupe. Elle était la seule visée.

Elle soupira. C'était par choix qu'elle ne déjeunait jamais à la cafétéria bondée. On s'y sentait vite à l'étroit, et Merry détestait jouer des coudes entre les gens qui faisaient la queue devant le micro-ondes. Sans compter que déjeuner à son bureau était plus productif. Mais ça, manifestement, M. Bright s'en moquait bien.

Elle aurait volontiers traité son patron de vieux grincheux s'il n'était pas, en fait, très jeune pour un vice-président. D'après les bruits de couloir, il était lié à la famille Matterson : c'était le neveu du PDG de l'entreprise. Apparemment, Bright était pressenti pour prendre la succession de son oncle une fois ce dernier à la retraite.

Merry avait déjà entendu quelques employées glousser que M. Bright avait une belle gueule. Elle partageait leur avis. Il avait une belle gueule, oui. Une belle gueule d'enterrement !

Bon, d'accord, Jayson Bright était loin d'être repoussant. C'était un brun aux yeux marron qui soignait son apparence, dans le genre pro sans un cheveu qui dépasse. Et bien qu'elle soit elle-même plutôt grande – 1,67 mètre –, il la dépassait d'une bonne quinzaine de centimètres. En fait, Merry trouverait sans doute son patron très séduisant, elle aussi, si seulement il daignait sourire de temps en temps.

D'un autre côté, elle voulait bien croire que cet homme avait beaucoup de responsabilités. Elle avait entendu dire que c'était lui qui avait décroché le contrat avec Boeing, ce qui signifiait sans doute que sa carrière dépendait de la réussite du projet. Et puis, il travaillait dur ; il faisait autant d'heures supplémentaires que ses employés, si ce n'était plus.

Il était plus de vingt heures lorsque Merry rentra enfin chez elle, chargée d'un sac de dix kilos des croquettes préférées de Bogie. Elle n'eut qu'à passer la porte pour que Patrick accoure avec un sourire radieux pour la débarrasser.

— Merry est rentrée ! cria-t-il en emportant le lourd paquet dans le cellier.

Leur mère vint alors à la rencontre de Merry en s'aidant de sa canne. Elle semblait épuisée. Marcher la fatiguait de plus en plus, ces derniers temps.

— Coucou, ma chérie.

Patrick réapparut, l'air plus excité que jamais.

— Je peux lui dire ?

— Attends une minute, répondit Robin, un sourire au coin des lèvres.

— Me dire quoi ? s'étonna Merry.

Incapable de contenir son enthousiasme, Patrick battait des mains et sautillait sur place.

— On a préparé ton cadeau d'anniversaire en avance, cet après-midi. Même que c'est le meilleur cadeau du monde !

— Ah oui ?

Étant donné leur budget serré, Merry n'espérait rien d'extravagant. Née un 26 décembre, elle s'était toujours sentie lésée de ce côté-là. Malgré tous les efforts de ses parents pour rendre son anniversaire spécial, le fait qu'il tombe le lendemain de Noël ne leur avait jamais facilité la tâche. C'était d'ailleurs pour cette raison que Merry recevait souvent ses cadeaux en avance.

— Tu vas être super contente, assura Patrick. En plus j'ai vachement aidé Maman.

— Tu l'as aidée à choisir le cadeau ?

Ils avaient sans doute commandé quelque chose sur Internet. Leur mère ne pouvait plus conduire et Patrick n'avait jamais passé le permis. Leur famille ne pouvait se permettre qu'une seule voiture, dont leur père avait constamment besoin pour son travail. De ce fait, Merry prenait le bus pour se rendre au bureau.

— En fait, on n'a rien choisi du tout. C'est toi qui vas choisir.

— Allons, Patrick, le gronda gentiment Robin. Tu vas finir par vendre la mèche.

— Tu n'auras qu'à me l'offrir quand tu auras donné à manger à Bogie, suggéra Merry.

Le chien était posté devant le cellier, le regard plein d'espoir.

— On ne peut pas vraiment t'offrir le cadeau, expliqua Patrick alors qu'ils passaient à la cuisine. Tu vas pouvoir choisir toute seule, mais je vais t'aider, si tu veux.

À son regard, Merry sut qu'il serait terriblement déçu si elle décidait de choisir ce mystérieux cadeau sans lui.

Ils avaient réussi à piquer sa curiosité ! Qu'est-ce que ces deux-là avaient bien pu manigancer ? Elle n'avait jamais vu son petit frère aussi pressé de lui faire profiter de son cadeau d'anniversaire, surtout un mois à l'avance.

Amusée, Merry le regarda s'empresser de remplir le plat de croquettes de Bogie, qui s'était mis à bondir dans tous les sens. Ils trépignaient tant d'impatience, tous les deux – quoique pour des raisons différentes –, qu'on aurait presque dit qu'ils dansaient la gigue.

— Et maintenant, Maman, je peux ? demanda Patrick à peine le chien servi. Je peux, dis ?

— Laisse-moi dîner, d'abord, le taquina Merry.

L'horreur se lut dans les yeux de Patrick.

— Non, Merry, s'il te plaît ! J'ai attendu et attendu pour t'en parler. Je ne sais pas si je peux encore me retenir !

Merry échangea un sourire malicieux avec sa mère, qui s'était assise à la table.

— Voyons, aie un peu pitié de ton frère.

— OK, céda Merry, levant les mains en signe de défaite. Vas-y, Patrick, dis-moi tout.

Le visage de Patrick s'illumina de joie. Quoi que ce cadeau puisse être, il semblait vraiment lui tenir à cœur. Touchée, Merry serra tendrement son petit frère dans ses bras.

Leur mère ouvrit l'ordinateur portable familial et invita Merry à prendre place à côté d'elle.

— Prête ? lui demanda Robin en allumant l'appareil.

— Et comment !

Patrick tira une chaise pour se coller à Merry tandis que la page peinait à charger sur l'écran. L'attente commençait à devenir insoutenable.

— Alors, qu'est-ce que vous m'offrez ?

Patrick éclata de rire et s'agrippa au bras de Merry.

— On t'offre *un homme* pour ton anniversaire !

— Hein ?

Merry le dévisagea sans comprendre.

— Je ne crois pas que ce soit possible de m'acheter un homme.

— Acheter, non, expliqua sa mère. Patrick et moi avons passé l'après-midi sur Internet pour répondre au questionnaire de Lucky Wink. On a rempli ton profil et on t'a pris une inscription de six mois.

Si son frère ne l'avait pas tenue par le bras, Merry aurait pu en tomber de sa chaise.

— Attendez… J'ai mal compris, hein ?

— Tu vas avoir un petit copain ! résuma Patrick avec un sourire jusqu'aux oreilles.

Merry en resta sans voix. Ce cadeau ne lui donnait pas du tout envie de sauter au plafond. Ne voulant pas faire de peine à son frère et sa mère qui s'étaient donné du mal en croyant lui faire plaisir, elle se contenta de poser la première question qui lui traversa l'esprit :

— Quelle photo de moi vous avez postée ?

Pourvu qu'ils aient choisi une photo récente et non l'une de celles de son bal de promo que sa mère chérissait tant. Merry avait beaucoup changé depuis le lycée. Elle avait troqué ses lunettes contre des lentilles qui mettaient en valeur ses jolis yeux bruns ; elle avait aussi laissé pousser ses cheveux jusqu'aux épaules et les coiffait maintenant avec la raie au milieu.

Et s'ils avaient utilisé la photo de son badge d'employée de Matterson Consulting ? Argh, quelle horreur ! Elle avait l'air d'un cerf pris dans les phares d'une voiture, là-dessus ! Quoique, à la réflexion, on aurait surtout dit une photo de criminelle.

— On a eu la meilleure idée du monde, répondit Patrick d'un petit air satisfait. On n'a pas mis une photo de toi.

Merry ouvrit des yeux ronds.

— Tu veux dire que vous avez mis la photo de quelqu'un d'autre ?

— Mais non, voyons, rigola sa mère.

— De qui, alors ? Si ce n'est ni moi, ni quelqu'un d'autre…

Patrick laissa échapper un gloussement.

— Bogie !

— *Quoi ?* gémit Merry. Vous m'avez donné une tête de *chien* !

Elle réprima l'envie de cacher son visage dans ses mains.

— Mais enfin, pourquoi ?

— Pour deux raisons, commença Robin.

— De un, la coupa Patrick, l'index levé pour souligner son argument, tu adores les chiens. Surtout Bogie.

— Ah, euh… Certes.

Bogie était tout autant son chien que celui de Patrick. Il venait souvent dormir avec elle et c'était elle qui le promenait quand son frère ne pouvait pas s'en occuper. Oui, Bogie était un membre à part entière de la famille Knight.

Mais de là à utiliser sa photo…

— Et de deux, continua sa mère, et c'est la raison la plus importante : tu es une belle jeune femme. Beaucoup d'hommes t'auraient jugée uniquement sur ton physique, et ça ne me plaisait pas. Je préfère qu'ils apprennent à te connaître en tant que personne, qu'ils découvrent que tu es avant tout une femme au cœur d'or. Et pour ça, il faudra qu'ils se donnent la peine de lire ton profil au lieu de juste jeter un œil à ta photo.

Robin marqua une pause pour reprendre son souffle, puis ajouta :

— Autre chose : comme on ne savait pas trop ce que tu penserais de tout ça, on a préféré te choisir un pseudonyme plutôt que donner ton vrai nom. Alors, dorénavant, tu t'appelles Merry Smith.

— Merry Smith, répéta l'intéressée à mi-voix.

Sa mère avait juste sur un point : elle ne savait pas trop quoi penser de tout ça. Ça faisait beaucoup de choses à digérer d'un coup.

Quand Merry reporta son attention sur l'écran, elle découvrit sa page de profil Lucky Wink. Et en voyant son pseudonyme surmonté de la photo de Bogie, elle dut retenir un gémissement de honte. Personne n'allait avoir envie de la contacter. Tous ceux qui verraient cette photo de profil allaient penser qu'il s'agissait d'un compte bidon créé juste pour rire. Qui voudrait sortir avec un chien ?

2

Jayson

À peine passé le seuil de son appartement-terrasse avec vue imprenable sur le bras de mer de Puget Sound, Jayson Bright alla directement se servir un verre de son malbec préféré.

Quelle journée atroce ! Son oncle l'avait tanné avec le contrat Boeing à la seconde où il était arrivé au bureau. Il avait dû assurer pour la millième fois que, *oui oncle Matt*, tout se passait bien et que, *oui oncle Matt*, le rapport serait prêt avant Noël comme convenu. Il ne restait plus qu'à espérer qu'il parviendrait à tenir le délai. Quelque chose lui disait que son avenir tout entier chez Matterson Consulting était en jeu.

Son verre de vin rouge à la main, Jayson se laissa tomber sur le canapé avec un râle sourd. Calant sa tête sur un coussin, il respira profondément pour essayer de libérer la tension entre ses omoplates. À moins d'un mois du délai, la pression était telle qu'il faisait des journées de douze heures sans presque aucune pause. Il n'avait même pas pris le temps de déjeuner, aujourd'hui. Forcément, il s'était senti si affamé en quittant le gratte-ciel de la quatrième avenue que, au lieu d'attendre sagement de rentrer, il avait craqué pour un sandwich et un *latte* – comme bien souvent, malheureusement. Ce n'était pas le genre de vie qu'il avait l'intention de mener pour le restant de ses jours, et pourtant, c'était bel et bien son quotidien depuis qu'il avait accepté ce poste dans l'entreprise de son oncle.

Son portable se mit à vibrer dans la poche de sa veste. Il s'aperçut alors qu'il avait oublié de réactiver sa sonnerie après sa dernière réunion de la journée.

— Allô, bâilla-t-il en décrochant.

— Salut Jay. Ravi d'entendre que mon appel te fait sauter de joie.

Jayson sourit, mais ne prit pas la peine de s'excuser. Inutile de faire de manières avec Cooper, son cousin et meilleur ami.

— D'où est-ce que tu m'appelles, mon vieux ?

Cooper vivait près de San Francisco. Plus de mille kilomètres les séparaient, et ils n'arrivaient pas à se voir souvent, mais ils étaient proches depuis toujours. Né la même année que lui, Cooper était comme un frère pour Jayson.

— Figure-toi que je suis en ville.

Jayson se redressa d'un bond sur le canapé.

— Tu es à Seattle ?

— Ouaip. Enfin, à l'aéroport, pour être exact. Je viens de descendre de l'avion. Je rentre d'un voyage d'affaires et j'ai une escale ici pour la nuit.

Ça alors !

— Tu aurais dû me prévenir. Je me serais arrangé pour t'envoyer un chauffeur.

— Mec, s'esclaffa Cooper, je t'ai envoyé deux textos et j'ai laissé un message sur ton répondeur. Qu'est-ce qu'il te faut de plus ?

Délaissant son verre de vin sur la table basse, Jayson se passa la main sur le visage.

— J'ai mis mon portable en mode vibreur à cause d'une réunion et après ça m'est sorti de l'esprit.

— Pas grave. Je vais prendre un taxi. Je serai chez toi dans une demi-heure.

— Parfait !

Jayson était si heureux de revoir Cooper qu'il en oublia sa fatigue. Cette bonne nouvelle lui avait donné un coup de fouet. Ils ne s'étaient pas vus depuis trois mois, mais le temps lui avait paru tellement long qu'il avait l'impression que ça faisait plus d'un an.

Une demi-heure plus tard, Jayson accueillait son cousin dans son appartement. Ils se firent un check avant de tomber dans les bras l'un de l'autre, à grand renfort de tapes dans le dos.

Puis Cooper partit se poster devant la baie vitrée.

— Mec, cette vue me coupe le souffle à chaque fois… Et c'est encore plus beau avec toutes les illuminations de Noël.

Noël.

Ce simple mot suffit à crisper les épaules de Jayson. Il n'avait aucune envie de penser à Noël. Ce n'était pas les fêtes qui le stressaient – non, ça, aucune chance –, mais ce maudit rapport que le PDG de Boeing attendait sur son bureau avant le 24 décembre.

Suivant le regard de son ami, Jayson vit un ferry vert et blanc voguer tranquillement sur le Puget Sound bordé des illuminations de la ville. Puis il haussa les épaules.

— Mouais, pas mal.

— *Pas mal ?* répéta Cooper d'un air outré. Tu sais combien de gens tueraient pour avoir une vue comme la tienne ? Et toi, ça ne te fait ni chaud ni froid.

— Bah, quand je rentre chez moi le soir, je suis trop crevé pour m'extasier sur la vue. À vrai dire, je n'y fais même pas attention.

C'était le cas depuis qu'il avait emménagé à Seattle.

Son cousin secoua la tête avec un soupir.

— Sérieux, Jay, il faut que tu prennes le temps de profiter des petits plaisirs de la vie. Un beau paysage. Le parfum des fleurs. Ce genre de trucs.

Ça fit sourire Jayson.

— Un jour, répondit-il.

Franchement, il avait une vie trop chargée pour ces choses-là. Et quand bien même, il n'était pas du genre à remarquer les fleurs qu'il croisait dans la rue, et encore moins à s'arrêter juste pour les renifler.

— Du vin ? proposa-t-il pour éviter que Cooper s'attarde sur le sujet.

— C'est pas de refus.

Jayson lui servit un verre de malbec avant de trinquer.

— Mmh, il est bon, dit Cooper. Californie ?

— Non, celui-là vient d'Argentine. De la région de Mendoza.

Cooper goûta à nouveau le cépage rouge et hocha la tête.

— J'aurais dû le deviner.

Fins connaisseurs, les deux amis s'amusaient toujours à s'épater l'un l'autre avec leurs trouvailles. Jayson aimait dénicher les petits domaines viticoles tout autour du monde. Quand il passait une commande, il lui arrivait de faire livrer une deuxième caisse à l'adresse de son cousin, en Californie. À ce jour, sa plus grande prouesse était d'avoir dégoté un sauvignon blanc savoureux dans un domaine dont Cooper n'avait jamais entendu parler, alors qu'il se trouvait pratiquement à deux pas de chez lui.

— Alors, quoi de neuf ? demanda Jayson en s'installant sur le canapé.

Son cousin jeta son dévolu sur le fauteuil inclinable devant la cheminée. Mais au lieu de s'asseoir confortablement, il se tint tout raide au bord du coussin.

— Je suis amoureux.

Jayson faillit en recracher son vin dans son verre. Soupçonnant une blague, il dévisagea son cousin un long moment. Mais non, Cooper avait l'air on ne peut plus sérieux.

— *Amoureux ?* Je sais bien que tu avais mentionné une nouvelle copine, mais de là à tomber amoureux… Comment ça a pu t'arriver ?

— Comment ça a pu m'arriver ? répéta Cooper avec un rictus amusé. À t'entendre, on croirait que j'ai attrapé une MST.

Il y avait de quoi, songea Jayson. À l'adolescence, ils s'étaient promis de n'épouser personne avant leurs quarante ans – si tant est qu'ils en aient seulement l'envie. Issus tous les deux de parents avec plusieurs divorces au compteur, ils avaient décidé de se montrer plus malins que leurs géniteurs. Si jamais ils tombaient un jour amoureux, ce serait quand ils seraient suffisamment matures pour être sûrs de ne pas commettre une erreur.

Alors, forcément, il avait du mal à imaginer Cooper capable de revenir sur sa parole.

— Et c'est de l'amour que tu ressens, tu en es bien certain ?

— Ouaip. Je suis raide dingue de cette fille.

— J'y crois pas, soupira Jayson en roulant des yeux. Bientôt, tu vas m'annoncer que tu vas l'épouser.

Pour toute réponse, Cooper haussa les sourcils d'un air entendu. Jayson se crispa de tout son corps.

— Arrête, vieux. Tu te fiches de moi.

— Eh non. En fait, j'ai pris l'avion juste pour te demander d'être mon témoin.

Sous le choc, Jayson retourna ces quelques mots encore et encore dans son esprit. Avait-il bien entendu ?

— Tu es sérieux ? finit-il par croasser. Tu vas vraiment te marier ?

— Ouaip.

— La famille de cette fille ne te fait pas chanter, au moins ? Personne ne te force la main ?

— Personne, rigola Cooper. J'agis totalement de mon plein gré. En fait, tu n'imagines pas à quel point j'ai hâte d'épouser Maddy.

Incrédule, Jayson se laissa aller contre le dos du canapé. Ça ne ressemblait pas au Cooper qu'il connaissait mieux que quiconque. Il y avait quelque chose de louche, dans cette histoire. Cette Maddy était-elle vraiment digne de confiance ?

— Il va falloir que je rencontre cette femme, dit-il, les sourcils froncés. Cette Maddy doit être sacrément épatante pour réussir l'exploit de te faire changer d'avis sur le mariage.

— Tu l'as déjà rencontrée. On avait douze ans. Tu te souviens de Maddy Baldwin ? Elle était avec nous au pensionnat et en colo.

Jayson se redressa d'un bond et balaya d'un geste vif la mèche courte tombée sur son front.

— Maddy Baldwin ? La rouquine qui ne voulait jamais nous lâcher les baskets ?

— Ouaip, c'est elle.

Jayson se souvenait parfaitement de Maddy Baldwin : Cooper et lui se l'étaient coltinée pendant toute une année scolaire, puis encore tout l'été en colonie de vacances. Puisque leurs parents respectifs n'avaient jamais aimé les avoir dans les pattes, ils les avaient envoyés en pensionnat sur la côte est du pays dès le plus jeune âge. Et pendant les grandes vacances, hop, en colonie. Autrement dit, ils n'avaient pas beaucoup vu leurs parents en grandissant, ce qui n'avait pas été plus mal dans un sens, car le peu de temps passé en famille avait toujours été très décevant. De toute façon, Jayson considérait son cousin comme sa seule vraie famille, et Cooper pouvait en dire autant : au moins, ils avaient toujours pu compter l'un sur l'autre.

— Tu veux rire ? s'étrangla Jayson. La Maddy dont je me souviens était un vrai pot de colle avec des cheveux en pétard, des dents de lapin et un appareil dentaire. Elle n'arrêtait pas de nous casser les pieds pour jouer avec nous. Et à la colo, c'était encore pire.

— Ça, c'est le moins qu'on puisse dire.

— Attends, elle n'avait pas déménagé en Californie après cet été-là ?

— Si, si.

— Et tu as gardé contact avec elle depuis tout ce temps ?

Non, impossible. Cooper ne lui aurait pas caché ça. D'autant que Jayson voyait mal pourquoi son cousin aurait eu envie de garder contact avec cette enquiquineuse de première. Elle était du genre garçon manqué – du moins à l'époque –, alors au lieu de traîner avec les autres filles, c'était sur eux deux qu'elle avait jeté son dévolu. Malgré tout le mal qu'ils s'étaient donné pour lui échapper, impossible de s'en débarrasser. Maddy avait toujours fini par taper l'incruste, même dans leurs cachettes les plus ingénieuses. Une vraie sangsue.

— On s'est retrouvés il y a six mois, répondit Cooper, et ça a fait des étincelles entre nous. Il ne m'a pas fallu longtemps pour comprendre qu'elle était la femme de ma vie. Tu ne la reconnaîtrais pas. Les dents de lapin sont de l'histoire ancienne. Maddy est devenue un sacré canon. Regarde…

Il sortit son téléphone et montra une photo récente. Jayson fixa l'écran, abasourdi.

— C'est Maddy, ça ?

Cooper n'exagérait pas. Difficile de croire qu'il s'agissait de la fille qu'ils fuyaient comme la peste à l'époque.

— Eh oui. À l'instant même où on a repris contact, ça m'a fait un truc tout drôle, juste ici, dit-il en tapotant la main sur son cœur. Surtout que… devine quoi ? Je ne te l'avais jamais dit, mais cet été-là, elle a été mon premier baiser, et moi le sien.

— Attends, tu veux dire que tu l'as embrassée à l'époque ? *Volontairement ?*

— Tu es parti de la colo un peu avant moi, tu te souviens ? Eh ben, après ton départ, Maddy m'a payé pour l'embrasser.

Jayson éclata de rire, ce qui n'empêcha pas son cousin de poursuivre.

— Je te jure. Elle voulait savoir ce que ça faisait d'être embrassée, alors elle m'a proposé cinq dollars et moi, pas fou, j'ai accepté. Qu'est-ce que j'avais à perdre ? Ce n'était pas cher payé pour cinq dollars ! Et puis, franchement, j'étais assez curieux, moi aussi. Bref, on s'est roulé une pelle. Et juste après, elle a voulu que je la rembourse parce que, je cite : « beurk ».

— Alors, tu lui as rendu l'argent ?

— Et puis quoi, encore ? J'avais rempli ma part du marché. Je lui ai répondu que si elle se sentait arnaquée, elle n'avait qu'à prendre un avocat.

Jayson secoua la tête, amusé.

— Et comment est-ce que vous avez repris contact, alors ?

— Tu ne vas pas le croire.

— Dis toujours, soupira Jayson en se passant la main sur la figure.

À ce stade, plus rien ne pouvait l'étonner.

— Je l'ai vue sur Lucky Wink.

Raté. Il ne l'avait pas vue venir, celle-là.

— Lucky Wink ? répéta Jayson. C'est un site de rencontre, ça, non ? Depuis quand est-ce que tu as besoin de t'inscrire sur ce genre de trucs ?

Son cousin était un véritable aimant à jolies femmes.

— Non, pas moi. Un gars du bureau. Doug, tu te souviens de lui ? Super geek, grosses lunettes ? Bref, c'est peut-être un génie de l'informatique, mais c'était un gros manche avec les femmes avant Lucky Wink. Et une fois inscrit sur le site, il y avait tellement de profils à sa disposition qu'il a un peu paniqué. Du coup, il a fait appel à moi et je lui ai promis de l'aider à trouver la femme parfaite. À croire que c'était mon destin de trouver Maddy sur ce site.

— Tu veux dire que tu es tombé par hasard sur son profil ?

— J'ai reconnu son nom avant de voir la photo. Imagine un peu ma tête quand j'ai compris que c'était la Maddy de notre enfance ! Toujours est-il que j'ai continué mes recherches jusqu'à ce que je trouve la femme qui avait le plus de chances de plaire à Doug. Et effectivement, j'ai tapé dans le mille. Du coup, pour me remercier, il m'a laissé envoyer un message à Maddy depuis son compte. Elle a répondu qu'elle se souvenait de moi, elle aussi, et… tu connais la suite.

Quelle histoire ! Néanmoins, Jayson restait méfiant.

— Mais qu'est-ce qu'un canon comme Maddy fabriquait sur un site de rencontre ?

— Je lui ai posé la même question, figure-toi. En fait, sa vie amoureuse était au point mort à cause de son boulot. Horaires de dingue, pas de temps pour elle, et tout ça. C'est une amie qui l'a convaincue de s'inscrire. Évidemment, elle était perplexe, mais elle a quand même décidé de tenter le coup.

— Elle bosse dans quelle branche ?

— Elle est médecin.

— Médecin ? répéta Jayson, les yeux écarquillés. Maddy ?

— Ouais, et c'est une sacrée pointure dans son domaine. J'ai tellement hâte que vous puissiez discuter, tous les deux. Tu vas comprendre en un rien de temps pourquoi j'ai décidé de l'épouser.

Jayson secoua la tête avec un sourire résigné, puis leva son verre.

— Allez, buvons à ton mariage, aux décisions folles, et à l'amour qui s'invite quand on l'attend le moins.

— Bien dit, cousin.

Ils trinquèrent et, après une longue gorgée de vin, Jayson demanda :

— C'est pour quand, alors ?

— Pas avant septembre prochain. Vu que Maddy partage mon amour pour le vin, elle a suggéré qu'on se marie dans un vignoble.

— Excellente idée.

Jayson voyait déjà ça d'ici. Des vignes offriraient un bien joli cadre pour une cérémonie. Ils avaient l'embarras du choix, en Californie.

— En Nouvelle-Zélande, précisa son cousin comme s'il avait lu dans ses pensées.

Jayson éclata de rire.

— Rien que ça.

— Tu pourras venir, hein ? s'inquiéta Cooper. Libère immédiatement ton planning.

— Bien sûr, je ne raterais ça pour rien au monde.

Pour son meilleur ami, Jayson était prêt à aller jusque sur la lune.

— Super. Alors, tu veux bien être mon témoin ?

— J'en serais honoré.

Cooper passa la nuit chez Jayson, puis retourna à San Francisco le lendemain par le premier avion. Il avait bien fait de venir lui annoncer la nouvelle en personne. S'il s'était contenté de téléphoner, Jayson ne l'aurait jamais pris au sérieux.

Alors qu'il revêtait son costume-cravate comme tous les matins, Jayson prit soudain conscience que, avant le passage express de Cooper, il n'avait pas vu un seul de ses quelques autres amis depuis des semaines. Et la dernière fois qu'il avait fréquenté une femme remontait à plus longtemps encore. Il avait de moins en moins de temps pour ces choses-là depuis qu'il travaillait pour son oncle. Et de toute façon, il sortait rarement plus de deux ou trois fois avec la même femme.

Tout comme son cousin, il n'avait jamais eu de mal à séduire ; le style grand brun aux larges épaules plaisait à beaucoup de femmes. Le problème, c'était que, dans l'ensemble, elles étaient surtout attirées par son nom et sa fortune. On le considérait comme un gros lot à gagner. Ce n'était pas de l'orgueil, c'était la pure vérité. De ce fait, il doutait sans cesse de la sincérité des femmes qui lui témoignaient de l'intérêt.

Plus par curiosité qu'autre chose, Jayson se connecta à Lucky Wink sur son ordinateur portable pour jeter un œil aux femmes inscrites dans les environs de Seattle.

Des dizaines de photos s'affichèrent sur son écran. Il balaya du regard les rangées de visages et poussa un profond soupir. Aucun intérêt, sans surprise. Mais alors que Jayson s'apprêtait à fermer la page, quelque chose retint son attention. Une photo de chien.

Il se frotta les yeux pour être sûr de ne pas imaginer des choses. Non, c'était bien un chien. Un golden retriever, plus exactement.

Quelle drôle d'idée. Pour quelle raison pouvait-on bien s'inscrire sur un site de rencontre avec une photo de chien ? Ça le dépassait. Enfin bon, quelle importance ? Il avait déjà perdu bien assez de temps avec ces bêtises.

Alors, Jayson éteignit son ordinateur et partit au bureau.

Vendredi, Jayson déclina l'invitation de ses quelques amis de Seattle qui se réunissaient le soir même. Il avait bien trop de travail pour songer à s'amuser.

Toutefois, il s'octroya une petite pause lorsque la téléconférence prévue à son agenda en fin d'après-midi fut annulée à la dernière minute. Sans bien savoir pourquoi, il retourna flâner sur Lucky Wink.

La photo du chien s'y trouvait toujours. Jayson la considéra un moment, songeur. Se pouvait-il que la femme qui l'avait postée soit quelqu'un comme lui ? Quelqu'un qui accordait plus d'importance à la personnalité qu'à l'apparence ou la place dans la société ?

Intrigué, il lut le nom qui accompagnait la photo.

Merry Smith.

Un pseudo, sans aucun doute. Smith était le nom de famille le plus passe-partout qui soit aux États-Unis. Quant au prénom, c'était sûrement une référence à « Merry Christmas », puisque Noël approchait. Intéressant.

La photo du chien fit naître un sourire nostalgique sur les lèvres de Jayson. Il lui rappelait le chien de son adolescence, Rockefeller – Rocky, pour les intimes. Un golden retriever, tout comme celui-ci.

Après le divorce de ses parents, Jayson avait brièvement vécu avec son père, qui lui avait alors acheté un chien, sans doute par culpabilité. Puis, autour de son seizième anniversaire, cela avait été au tour de sa mère de se sentir coupable, et elle avait décrété que Jayson viendrait vivre avec elle jusqu'à ce qu'il termine le lycée. Mais le courant n'était pas passé entre Jayson et son beau-père, et elle avait fini par le renvoyer chez son père. Là, le problème était venu de sa nouvelle belle-mère qui, pour une raison obscure, ne le portait vraiment pas dans son cœur. Les deux années suivantes avaient donc été une vraie torture pour lui. La seule chose qui lui avait permis de tenir le coup, à l'époque, c'était Rocky.

Jayson observa la photo du golden retriever encore quelques minutes, puis referma la page et se remit au travail.

En quittant le bureau quelques heures plus tard, Jayson s'aperçut qu'une poignée d'employés se trouvaient encore là. Il avait imposé des heures supplémentaires à tout le monde afin de pouvoir terminer le rapport Boeing à temps, mais pas le vendredi soir. Il appréciait donc d'autant plus l'effort de celles et ceux qui avaient décidé de rester aujourd'hui.

Sur le chemin du retour, Jayson ne put s'empêcher de repenser à la mystérieuse Merry Smith. Pour une raison qu'il ne s'expliquait pas, il avait envie d'en savoir plus au sujet de cette femme qui se cachait derrière une photo de chien.

Finalement, sa curiosité eut raison de lui quand il arriva à son appartement. Il perdit une heure de son précieux temps à remplir le questionnaire du site de rencontre. Puis, en guise de photo de profil, il dénicha un vieux cliché de Rocky.

Satisfait, Jayson referma son ordinateur portable. Si l'envie lui en prenait au cours des prochains jours, il enverrait peut-être un message à Merry Smith. Restait à voir ce qu'il en sortirait.

3

Merry

Le lundi suivant, Merry rentra du travail à dix-neuf heures passées. Patrick, assis avec leur mère devant l'ordinateur portable dans la cuisine, l'accueillit avec un sourire jusqu'aux oreilles.

— Merry, tu as reçu un wink sur Lucky Wink ! Il s'appelle Jay et il t'aime bien.

Elle réprima un grognement pour ne pas peiner son frère. En fait, elle avait déjà reçu plus d'un « wink » – ou clin d'œil – depuis son inscription, pour la plupart accompagnés d'un « Vous aboyez toujours chez vos parents ? » ou de messages blaguant sur de prétendues conquêtes canines. Toutefois, aucun de ces petits plaisantins n'avait réellement eu l'intention de faire sa connaissance. Pourquoi ces hommes avaient-ils seulement pris la peine de la contacter ? Merry préférait ne pas le savoir. Dans un sens, sa mère avait eu raison : avec Bogie en photo de profil, elle pouvait faire un premier tri parmi les hommes qui ne lui conviendraient pas.

Voilà pourquoi ce dernier wink ne l'enthousiasmait pas le moins du monde.

La mère de Merry, en revanche, semblait plus optimiste.

— Ce garçon-là a l'air prometteur, assura-t-elle d'un ton guilleret.

Patrick hocha vigoureusement la tête.

— Quand tu vas voir sa photo, tu vas bien l'aimer aussi.

Même Bogie, assis aux pieds de Patrick, leva les yeux vers l'ordinateur et inclina la tête sur le côté, comme intrigué.

— Je viens tout juste de rentrer, soupira Merry. Laissez-moi le temps de souffler.

— Tu dois lui répondre, insista Patrick.

— Plus tard, OK ?

— Non, tout de suite. Regarde au moins sa photo.

Incapable de résister au regard suppliant de son frère, Merry contourna la table et jeta un œil à l'écran. Ce qu'elle vit alors la prit de court.

— Il a un chien en photo de profil, lui aussi ?

— Un golden retriever comme Bogie, confirma Patrick. Il est beau, hein ?

Merry se tourna vers sa mère, qui lui décocha un regard qu'elle ne connaissait que trop bien. C'était le regard qui voulait dire que, si elle n'y mettait pas du sien, elle allait fortement décevoir son frère.

— J'aime bien Jay, renchérit Patrick.

— OK, OK, marmonna Merry. Je lui écrirai après dîner.

De toute façon, elle devait bien admettre que cette photo l'intriguait, elle aussi.

Elle réchauffa les restes du pain de viande et du gratin de pommes de terre. Devant l'impatience palpable de son frère, elle engloutit son repas en un éclair pour vite se joindre à lui devant l'ordinateur.

— Qu'est-ce que j'écris ? demanda-t-elle, prête à contacter l'inconnu.

Patrick réfléchit quelques instants avant de suggérer :

— Dis que tu aimes sa photo.

Un sourire au coin des lèvres, Merry se mit à taper au clavier.

Ouaf ouaf.

Sans se laisser le temps d'hésiter, elle envoya vite le message qui fit rire Patrick.

Elle s'étonna de recevoir une réponse presque immédiatement.

Ouaf ouaf vous-même.

Comme si l'inconnu l'avait attendue derrière son écran. C'est ainsi que l'échange commença.

Vous avez un chien, vous aussi ?

Plus maintenant. C'est une photo de Rocky qui date de mon adolescence.

Il est mort pendant mes études.
Il me manque encore à ce jour.

Vous n'avez pas repris d'autre chien depuis ?

Non. Je détesterais devoir le cloîtrer dans un appartement toute la journée. Ça ne serait pas juste pour lui.

Je suis d'accord. Bogie est le chien de la famille.

Vous avez l'habitude des sites de rencontre ?

Non. C'est une grande première pour moi. Et vous ?

Pareil. Je me sens un peu bête, à vrai dire.

Je comprends. Moi aussi.

Patrick, qui n'avait pas raté une miette de leur échange, glissa à Merry :

— Dis que Maman et moi, on a fait ça pour ton anniversaire.

— OK.

C'est mon petit frère qui m'a inscrite en guise de cadeau d'anniversaire.

Vous en aviez envie ?

Oui et non. J'ai trop de boulot pour avoir une vie sociale.

Pareil ici.

Et vous ? Pourquoi être venu sur Lucky Wink ?

Par curiosité. Mon meilleur ami a trouvé l'amour de sa vie ici. Mais je me suis dit que ça serait une perte de temps.

Qu'est-ce qui vous a fait sauter le pas, alors ?

Vous.

Merry se redressa sur sa chaise, déconcertée. Patrick, lui, en applaudit de joie.

— On t'a fait un bon cadeau, hein ?

— Apparemment, oui, admit Merry avant de se remettre à taper.

Moi ?

Vous et la photo de votre chien. Il m'a rappelé Rocky. Et votre profil m'a intrigué.

N'oubliez pas que c'est mon frère qui l'a rempli. En fait, je ne l'ai même pas lu.

Donc vous ne savez pas si ce qui est écrit est vrai ou pas ?

Oh, je suis sûre que ça l'est. Patrick est très honnête. Presque trop pour son bien.

Les coudes sur la table, Patrick cala son menton dans ses mains.

— Dis-lui que je suis spécial.
— OK, OK, répondit Merry.

Patrick tient à ce que vous sachiez qu'il est « spécial », si vous voyez ce que je veux dire. C'est un garçon formidable et il travaille à l'épicerie du coin.

Jay ne répondit pas tout de suite. Arrivait-il à lire entre les lignes ?

Quel âge a Patrick ?

Il a 18/12 ans.

OK. Reçu 5/5.

Bon, j'ai travaillé dix heures aujourd'hui. J'ai besoin d'un bon bain chaud, puis dodo.

À qui le dites-vous. Ça vous dirait de tchatter à nouveau ?

Stupéfaite, Merry relut la question deux fois.

— Dis oui ! la pressa Patrick. Il est mieux que les autres. Il ne t'a pas comparée à un chien pour rire.

Bogie semblait partager l'avis de son maître. Il posa la tête sur la cuisse de Merry comme pour l'intimer d'accepter.

Ça marche. Quand ?

Demain soir, même heure ?

OK.

Merry éteignit l'ordinateur et se laissa aller contre le dossier de sa chaise.

— Alors, qu'est-ce que tu en penses ? lui demanda sa mère.

Contre toute attente, Merry se rendit compte qu'elle avait envie d'en savoir plus sur Jay. Elle n'aurait jamais cru que le cadeau de Patrick et leur mère conduirait à quelque chose d'intéressant ; au contraire, elle aurait bien mis sa main à couper que cette inscription ne serait qu'une perte de temps et d'argent, surtout compte tenu de leurs moyens limités.

Ceci étant dit, rien ne garantissait pour autant que son expérience sur Lucky Wink serait une réussite. Pour l'instant, elle n'avait fait qu'échanger quelques mots avec un inconnu. Un seul, qui plus est. Les autres winks étaient venus d'hommes qu'elle n'envisagerait jamais de rencontrer.

Mardi soir, Merry quitta le bureau encore plus tard que d'habitude, paniquée à l'idée de faire attendre son nouvel ami virtuel. Ses parents lui avaient inculqué l'importance de la ponctualité depuis toute petite.

De retour chez elle, Merry se débarrassa de ses affaires en quatrième vitesse et fonça dans la cuisine. Malheureusement, sa mère et son frère se servaient déjà de l'ordinateur portable sur la table ronde.

— Je vais en avoir besoin pour Jay, annonça-t-elle en se mordant la lèvre.

Sa mère lui retourna un petit sourire satisfait.

— C'est justement à lui qu'on est en train de parler.

— Quoi ? gémit-elle.

Pourvu qu'ils ne se soient pas fait passer pour elle ! Elle n'osait même pas imaginer ce qu'ils avaient pu lui raconter.

— Ne t'inquiète pas, ma chérie, il sait qu'il a affaire à Patrick et moi. On ne voulait pas le faire attendre, voilà tout. Sinon, il aurait pu penser que tu n'étais pas intéressée, alors que tu l'es.

— D'accord. Qu'est-ce que vous lui avez dit ?

— Pas grand-chose. Juste que tu nous as prévenus que tu rentrerais plus tard que prévu.

Merry retint un soupir de soulagement. Néanmoins, son cœur se mit à battre la chamade dès que Patrick lui céda sa place devant l'ordinateur. Elle avait hâte d'échanger avec Jay.

— Je l'aime bien, ce garçon, affirma sa mère. Il a l'air gentil et bien élevé.

Patrick approuva d'un vigoureux signe de tête. Merry avait eu une bonne première impression de Jay, elle aussi. Et le fait que sa mère et son frère partagent tous deux son avis la rassurait.

Elle prit donc une grande inspiration et se mit à taper au clavier.

Je viens tout juste de rentrer.
Vraiment désolée pour le retard.

J'ai apprécié l'échange avec
Patrick et votre mère. Ils ont chanté
vos louanges.

Ne prenez pas tout ce qu'ils ont
dit pour argent comptant.
Quoique, en fait, si. Je suis
grande, mince et magnifique.
C'est bien ce qu'ils ont dit ?

Pas loin. Vous faisiez les magasins
pour Noël ?

Non, encore le travail. Heures
sup obligatoires.

Pareil. Je suis encore au bureau.

Oh non. J'espère que vous n'avez
pas un trop long trajet pour
rentrer.

Pas du tout.

Tant mieux.

Bonne journée ?

Plutôt bonne. Je ne suis pas fan
de mon patron et je suis contente
de ne pas l'avoir vu aujourd'hui.
Il devait être en déplacement. Et
vous ?

Réunions toute la journée. Je me
suis surpris plus d'une fois à penser
à notre conversation à venir. Ça m'a
donné envie d'être à ce soir.

Moi aussi.

Merry échangea avec Jay pendant une heure. Ils se posèrent question après question. À en juger par les réponses de Jay, il commençait à se sentir plus à l'aise avec elle. C'était réciproque.

Mercredi soir, Merry emporta l'ordinateur portable dans sa chambre pour pouvoir s'installer confortablement en tailleur sur son lit. Elle tchattait avec Jay depuis plus d'une demi-heure lorsqu'on frappa à sa porte.

— Oui ?

Son frère passa la tête dans l'encadrement de la porte.

— Dis à Jay que je lui fais coucou. D'accord ?

— OK.

Les doigts de Merry se remirent à voler sur le clavier.

Patrick vous fait coucou. De tous les hommes qui m'ont envoyé un wink, c'est vous qu'il préfère.

Vous en avez reçu beaucoup ?

Quelques-uns.

Elle garda pour elle le fait qu'on se soit surtout moqué de sa photo de chien sans vraiment s'intéresser à elle.

Et vous ?

Quelques-uns aussi.

Plus de trois ?

Bien plus.

Voyez-vous ça. C'est combien exactement, « bien plus » ? Quatre ?

Haha.

OK, j'abandonne. Combien ?

Une bonne dizaine.

Vous rigolez, hein ?

Hé, un Apollon comme moi, ça ne se trouve pas à tous les coins de rue.

Merry ne put s'empêcher de sourire bêtement.

Au final, ils discutèrent une bonne heure. Ils se quittèrent après s'être donné rendez-vous en ligne vendredi soir, plus tôt que les autres fois.

Vendredi, Merry jeta des coups d'œil à l'horloge de tout au long de la journée, et plus encore en fin d'après-midi. Elle ne voulait pas être en retard comme mardi. Heureusement que les heures supplémentaires n'étaient pas obligatoires le vendredi !

Elle avait si hâte de partir qu'elle rassembla ses affaires à dix-sept heures précises.

Seule Kylie, l'une de ses collègues, semblait encore plus pressée que Merry. Elle bondit de son bureau et courut vers l'ascenseur, le téléphone collé à l'oreille. Pas étonnant : elle était morte d'inquiétude à cause de Palmer, son fils de trois ans qui avait attrapé la grippe.

Après avoir passé la moitié de la nuit à s'occuper de lui, elle avait téléphoné au bureau à la première heure pour prendre sa journée. Mais lorsque Jayson Bright avait appris qu'une employée risquait d'être absente, on aurait pu jurer que c'était la fin du monde.

Il n'avait pas hurlé ni fait de scène ; ce n'était pas son genre. Mais il avait contacté Kylie en personne pour lui soutenir qu'il était vital que le rapport Boeing soit terminé avant Noël, ce qui rendait son absence inadmissible. Kylie avait eu beau lui expliquer la situation, le patron n'avait rien voulu entendre. Selon lui, le petit garçon s'en sortirait très bien avec une baby-sitter.

Toute cette histoire avait scandalisé Merry. C'était insensé ! Comment un patron pouvait-il manquer de cœur à ce point ? Le sens des priorités de cet homme laissait franchement à désirer ! Pire encore : il interdisait les appels personnels pendant les heures de travail. Certes, c'était une règle assez commune, mais elle n'aurait pas dû s'appliquer en cas de circonstances exceptionnelles – quand on voulait prendre des nouvelles de son enfant malade, notamment.

Kylie avait déjà disparu dans l'ascenseur lorsque Merry se leva à son tour. Bien sûr, comme elle ne partait jamais si tôt, d'habitude, sa collègue Lauren s'en étonna.

— Dis donc, tu es bien pressée, ce soir ! Tu as un rencard ou quoi ?

— Plus ou moins, admit Merry en attrapant son sac à main pour le glisser sur son épaule.

— Comment est-ce qu'on peut avoir *plus ou moins* un rencard ?

— Je vais tchatter avec un type que j'ai rencontré sur Internet.

Lauren, qui enfilait elle aussi son manteau, siffla d'un air moqueur.

— Tiens, tiens, c'est bizarre, dans mon souvenir, tu n'arrêtais pas de te plaindre que d'avoir été inscrite de force sur un site de rencontre. Je vois que tu as changé ton fusil d'épaule…

— C'est parce que ce type a l'air vraiment bien.

— Il *a l'air* ? répéta sa collègue, perplexe.

Lauren n'avait pas caché sa piètre opinion des sites de rencontre. Ce qui n'était pas très surprenant de la part d'une femme de quarante-cinq ans divorcée depuis dix ans, qui avait renoncé aux hommes et à l'amour depuis belle lurette.

— Ouais, il a un golden retriever en photo de profil, lui aussi.

— Attends, tu veux dire que tu ne sais pas à quoi il ressemble ?

Merry haussa les épaules.

— Non. Mais lui non plus ne sait pas à quoi je ressemble, je te rappelle. Donc on prend tous les deux un risque.

— Mouais. Si ça se trouve, c'est un vieux pervers répugnant.

— Mais non, pas du tout.

Lauren ne paraissait pas convaincue.

— Qu'est-ce que tu en sais ?

— Je le sais, c'est tout.

Merry n'aurait pas su dire pourquoi elle était si sûre que Jay ne lui mentait pas. Il était jeune, déjà, ça se devinait à sa façon de s'exprimer. Et puis, ce n'était pas donné à tous les hommes de réussir à la mettre à l'aise en si peu de temps. Elle avait envie de lui faire confiance.

— Est-ce qu'il a déjà proposé une rencontre en chair et en os ? demanda Lauren tandis qu'elles arrivaient devant l'ascenseur.

— Non.

Pour toute réponse, Lauren se contenta d'arquer ses sourcils finement épilés avant d'appuyer sur le bouton de l'ascenseur.

— Mauvaise langue, la taquina Merry. On a juste tchatté deux ou trois fois. C'est bien trop tôt pour ça. Je veux apprendre à mieux le connaître avant de le rencontrer.

Ils n'avaient pas encore abordé la question, mais elle était sûre que Jay partageait son avis. Ils n'en étaient pas encore à ce stade. Pourquoi précipiter les choses ? D'autant qu'ils croulaient tous les deux sous le travail, en ce moment.

Les portes de la cabine s'ouvrirent et elles passèrent à l'intérieur. Lauren eut à peine le temps de presser le bouton du rez-de-chaussée qu'une voix retentit dans l'open space.

— Retenez l'ascenseur !

Jayson Bright. Il zigzaguait entre les bureaux au pas de course, tout en essayant d'enfiler son long imperméable.

C'était l'homme qui imposait des heures supplémentaires à tout le monde. Qui refusait d'accorder le moindre jour de congé. Pas même pour s'occuper d'un enfant malade.

Patron sans cœur.

Borné.

Tyrannique.

Si Merry avait été seule dans l'ascenseur, elle aurait volontiers laissé les portes se refermer devant le nez de cet homme.

Malheureusement, Lauren ne semblait pas partager son mépris pour leur patron. Elle tendit le bras entre les portes automatiques, qui se rouvrirent aussitôt.

— Merci, haleta Jayson Bright en se joignant à elles.

Il se plaça devant Merry, lui tournant le dos sans lui accorder un regard. Alors, dans le silence de la cabine qui amorçait sa descente, elle ne put résister à l'envie de faire des grimaces derrière lui. Les pouces enfoncés dans les oreilles, elle remua les doigts et tira la langue. Lauren se plaqua la main sur la bouche pour étouffer son rire.

Merry arrêta ses pitreries avant que l'ascenseur ne s'ouvre un étage plus bas. Jayson Bright s'écarta pour laisser entrer d'autres employés, puis rappuya avec impatience sur le bouton du rez-de-chaussée.

Merry et Lauren échangèrent un regard. Le patron semblait bien pressé, aujourd'hui.

En effet, dès que les portes s'ouvrirent, il fila comme une flèche.

— Peut-être qu'il a un rencard, lui aussi, gloussa Lauren alors qu'elles quittaient le bâtiment pour rejoindre l'arrêt de bus.

— Ça m'étonnerait, répliqua Merry à mi-voix. Aucune femme saine d'esprit ne pourrait être attirée par un homme comme lui.

4

Jayson

Jayson n'avait jamais été aussi pressé de quitter le bureau. Il avait pris beaucoup de plaisir à échanger avec Merry jusqu'à présent. Peut-être devrait-il songer à lui demander quel était son vrai nom. Mais d'un autre côté, il n'avait pas encore divulgué son nom complet, lui non plus.

Détail technique.

Accessoire.

De toute façon, il préférait que Merry n'en sache pas trop sur lui pour le moment. Elle avait présumé qu'il n'était, tout comme elle, qu'un simple employé de bureau débordé de travail, et il ne l'avait pas contredite. Le métier qu'il exerçait avait-il une quelconque importance ? Ils discutaient plutôt de choses personnelles, et avaient même échangé quelques souvenirs d'enfance.

Il avait appris que Merry vivait avec ses parents et son jeune frère et que, comme lui, elle travaillait dans le centre de Seattle. Elle semblait mener une vie simple, sans histoire, ce qui était un trait qu'il appréciait chez elle. Ils avaient eu des enfances diamétralement opposées. Son frère et elle avaient été élevés par des parents aimants, dans un foyer stable.

Jayson, en revanche, n'avait jamais connu ça. Il avait été ballotté de tous côtés, entre les pensionnats, les colonies de vacances et ses parents qui se l'étaient refilé comme une patate chaude après leur divorce, se servant de lui pour se manipuler l'un l'autre. Ni sa mère ni son père ne lui avaient jamais vraiment témoigné d'amour. Certes, il n'avait jamais manqué de rien sur le plan matériel, mais ses parents n'avaient accordé que peu d'intérêt à son équilibre émotionnel. Il n'osait même pas imaginer ce qu'il serait devenu s'il n'avait pas eu la chance d'être entouré par de bons professeurs et quelques précieux amis.

Et après ses études supérieures, c'était son oncle qui l'avait aidé. Matthew Matterson ne s'était jamais marié et n'avait pas eu d'enfant ; il avait consacré toute son énergie à monter sa propre société de consultants. Alors, lorsqu'il avait compris que son neveu possédait la même ambition et la même volonté de fer que lui, il l'avait pris sous son aile. Soucieux de faire ses preuves, Jayson s'était donné corps et âme à son travail, et sa passion lui avait permis de grimper les échelons rapidement jusqu'à devenir le vice-président de l'entreprise. Bien sûr, il s'était accordé quelques loisirs et sorties ici et là, mais il ne laissait rien ni personne le distraire de ses objectifs.

Et puis Merry était arrivée.

Il n'était pas très sage de passer autant de temps à faire ami-ami avec elle sur Internet, alors qu'il devait absolument se consacrer au contrat Boeing. Pour l'instant, son travail n'en avait pas souffert. Toutefois, il devait bien admettre que, ces derniers jours, il regardait sa montre bien plus souvent qu'avant. Il comptait les heures qui le séparaient de son prochain échange avec elle.

Pressant le pas en direction de son appartement, Jayson fit un arrêt dans son *Deli* préféré, où il acheta un sandwich au pastrami et une salade verte à emporter.

— Salut Jayson, lui lança le traiteur.

— Cyrus, répondit Jayson avec un signe de tête.

Il ne s'attarda pas pour échanger des banalités et se dépêcha de reprendre son chemin. Sur le trottoir, il croisa une dame qu'il avait l'habitude de voir dans le quartier : vêtue d'un tablier rouge, elle agitait une petite cloche pour implorer les passants de faire un don à une œuvre de charité. Il la dépassa sans s'arrêter ; après tout, il donnait déjà à celle devant son bureau.

En bas de son immeuble, il remarqua qu'un sans-abri se préparait à dormir contre la façade. Hmm. Si cela devenait une habitude, la valeur de l'immobilier allait s'en ressentir.

Jayson indiqua le sans-abri à Peter, le portier de nuit.

— Veillez à arranger ça.

— Bien, monsieur.

Peter espérait recevoir une prime de Noël, que Jayson avait l'intention de lui accorder. Il était de ceux qui estimaient qu'un service d'excellente qualité méritait d'être généreusement récompensé.

Jayson traversait le hall d'entrée en direction de l'ascenseur lorsqu'un bip de son téléphone l'alerta de l'arrivée d'un texto.

Était-ce Merry ?

Non, bien sûr, se corrigea-t-il mentalement. Comment aurait-elle pu le contacter sur son portable ? Elle n'avait pas ses coordonnées. En fait, très peu de personnes connaissaient ce numéro.

Il consulta le message au pied dans l'ascenseur. Il venait de son père.

Je suis en ville.

Jayson laissa échapper un grognement. Si son père se trouvait à Seattle, il allait tenir à le voir. Et ça, Jayson n'en avait aucune envie.

Il décida donc d'ignorer le texto et monta dans l'ascenseur. Malheureusement, dès qu'il passa le seuil de son appartement, son téléphone se mit à sonner, révélant le visage d'Alex Bright sur l'écran. Les dents serrées, Jayson hésita à ignorer l'appel. Ce n'était que repousser l'inévitable, il le savait. Son père pouvait se montrer aussi tenace qu'un pitbull.

— Oui, répondit-il froidement.

— Est-ce une manière de s'adresser à ton père ?

Au lieu de mordre à l'hameçon, Jayson préféra aller droit au but.

— Combien de temps vas-tu rester en ville ?

— Je suis venu spécialement pour te voir.

— Je suis occupé, rétorqua Jayson.

C'était ce qu'il répondait toujours quand son père ou sa mère daignaient se manifester. Si ça n'avait tenu qu'à lui, il aurait coupé les ponts avec ses parents une bonne fois pour toutes. Sauf que son oncle était à la fois le frère de sa mère et le meilleur ami de son père, ce qui rendait la situation délicate. Alors, Jayson se contentait de les éviter autant que possible.

— Que dirais-tu de dîner ensemble ce soir ? insista son père.

— J'ai un rendez-vous galant.

Le terme était un peu fort, étant donné qu'il avait simplement prévu de tchatter avec Merry. Toujours était-il qu'il n'avait pas l'intention de renoncer à cette soirée agréable juste parce que son père lui rendait visite sur un coup de tête.

— Un rendez-vous galant, répéta Alex Bright d'un ton énigmatique. Merveilleux. Dis-lui de se joindre à nous.

— Non, merci.

Ce n'était pas envisageable, bien sûr. Mais Jayson grimaça rien qu'à l'idée que Merry fasse la connaissance d'Alex Bright. Connaissant son père, il aurait passé la soirée à lui faire du charme.

— Est-ce que c'est sérieux, avec cette fille ? demanda alors son père.

Jayson réprima un soupir. Il détestait ce genre de conversations. Moins ses parents en savaient sur sa vie privée, mieux il se portait.

— Peut-être, répondit-il, vague.

— Il est temps que tu songes au mariage, Jayson.

Cette fois, c'est un ricanement que Jayson réprima. Comme s'il avait envie de recevoir des conseils sur la vie maritale de la part d'un homme qui avait divorcé quatre fois !

— Peut-être, répéta-t-il, espérant que son père se contenterait de cette réponse.

Malheureusement, Alex Bright ne semblait pas vouloir changer de sujet.

— Cette fille que tu fréquentes, est-ce que c'est la bonne ?

— C'est trop tôt pour le dire.

— Mais elle te plaît.

— Je ne la fréquenterais pas dans le cas contraire, rétorqua Jayson.

Merry lui plaisait, oui. Elle l'intéressait plus que toute autre femme qu'il avait connue jusqu'à présent. Bien sûr, il allait sans doute la rencontrer en personne tôt ou tard, mais pour l'instant, il aimait l'aspect anonyme de leur relation.

D'ailleurs, en parlant de Merry…

Jayson jeta un œil à sa montre et se mit à taper du pied avec impatience.

— Je dois te laisser ou je vais être en retard.

— Pas avant qu'on convienne d'un rendez-vous, toi et moi.

— Demain, céda Jayson.

Il était prêt à dire n'importe quoi pour mettre fin à cet appel au plus vite.

— Bien. Dîner, demain soir. Ne me déçois pas à nouveau.

Jayson lui avait déjà fait faux bond deux fois, prétextant des réunions très importantes pour s'épargner de longues heures pénibles. Était-ce sa faute si les repas avec son père avaient tendance à s'éterniser ? De plus, Alex Bright avait la fâcheuse habitude d'inviter sa conquête du moment à leurs rencontres. Jayson n'avait aucune envie de faire la connaissance d'une femme qui ne se doutait pas qu'elle serait vite remplacée par une autre encore plus jeune.

C'était triste à voir, vraiment. Son père commençait à prendre de l'âge et se servait de jeunettes pour se donner l'illusion d'être encore dans le coup. En outre, il adorait faire parader son fils à la vue de tous, comme si le fait d'être le géniteur d'un bel homme à la brillante carrière prouvait sa valeur.

— Retrouvons-nous plutôt pour le déjeuner, suggéra Jayson. J'ai d'autres projets demain soir.

— Avec la même fille ?

— Peut-être.

Son père soupira au bout du fil.

— Il est grand temps que tu arrêtes de batifoler, Jayson. Trouve chaussure à ton pied et range-toi.

Jayson roula des yeux. « Fais ce que je dis, pas ce que je fais », hein ?

— Oui, poursuivit Alex Bright, tu arrives à l'âge où un mariage bien calculé peut devenir un atout pour ta carrière. Mon conseil ? Trouve-toi une belle plante avec un bon carnet d'adresses. Tu feras d'une pierre deux coups avec une femme que tu seras fier de promener à ton bras et qui pourra t'ouvrir quelques portes dans le business.

— Je n'y manquerai pas, railla Jayson, incapable de résister. Surtout quand on voit à quel point ça t'a réussi de te marier pour l'argent et les contacts.

Son père ignora la pique.

— À demain, Jayson.

Impatient, Jayson accepta l'heure et le restaurant que proposa son père, puis raccrocha sans même un au revoir. Bon débarras !

Finalement, son père ne lui avait pas dit combien de temps il serait en ville. Mais le connaissant, il ne s'éterniserait pas dans les parages. Alex Bright n'avait jamais été du genre à rester longtemps aux côtés de son fils.

Enfin, quelle importance ? Jayson avait bien mieux à faire ce soir que de penser à son incapable de père.

Sans perdre une seconde, il monta dans son bureau et se connecta sur Lucky Wink. Merry n'était pas encore arrivée. Tout à coup, il se rendit compte que, dans son empressement, il avait oublié son dîner dans l'entrée. Il descendit donc récupérer le sachet, prit au passage une assiette et une fourchette dans la cuisine, puis remonta le tout.

Alors qu'il commençait à manger devant son ordinateur, il se remémora l'employée qu'il avait surprise à faire de même au bureau la semaine dernière. Cette vision l'avait agacé sur le moment, car il trouvait que la pratique manquait d'éducation. Et pourtant, voilà qu'il l'imitait. Avec le recul, il admettait qu'il aurait dû, au contraire, la féliciter d'être aussi dévouée à son travail. Enfin, c'était trop tard, maintenant. Le mémo avait déjà été envoyé à tout le monde. Interdiction de se restaurer devant son poste.

Jayson fut tiré de ses pensées par un tintement de son ordinateur : Merry venait de se connecter au tchat. Il se mit aussitôt à taper.

Peut-on vraiment se réjouir d'être tous les deux chez soi un vendredi soir ?

Il imagina son père qui, lui, profitait sans doute à fond de sa soirée. À tous les coups, l'alcool coulait à flots et il en faisait des tonnes pour impressionner sa dernière conquête.

Il secoua la tête pour le chasser de son esprit et lut la réponse de Merry.

Ça en dit long sur notre vie sociale, hein ?

Le truc, c'est que je n'échangerais une conversation avec vous, ici et maintenant, contre rien au monde.

Seriez-vous en train de me flatter ?

Peut-être bien ?

Alors continuez comme ça.

Le sourire aux lèvres, Jayson se reposa contre le dossier de son siège. À la réflexion, il avait dû sourire davantage pendant la semaine qui venait de s'écouler que de tout le reste de l'année, et c'était entièrement dû à Merry. Il s'investissait tant dans son travail qu'il n'avait pas pris conscience d'être devenu solitaire à ce point.

J'espère que vous avez passé une bonne journée, Jay.

Je n'ai pas arrêté de compter les heures. J'avais hâte qu'on puisse enfin tchatter.

Il avait un peu honte de l'admettre. Seulement, c'était la pure vérité.

Pareil pour moi. Je pensais qu'il n'y avait pas de place pour une nouvelle personne dans ma vie, puis le courant est passé entre nous et…

Et quoi ?

Je ne sais pas si je devrais l'avouer.

Dites-moi.

J'ai une vie bien remplie, et pourtant elle est vide. Pendant longtemps, j'ai cru que ça me convenait, mais nos échanges ont prouvé qu'une part de moi avait réellement besoin de se lier avec quelqu'un sur le plan émotionnel. Au début, je ne voyais pas l'utilité de mon inscription sur Lucky Wink. Je pensais n'en avoir ni envie ni besoin. Tchatter avec vous m'a ouvert les yeux.

Jayson relut le message de Merry deux fois avant de répondre.

Ça a ouvert les miens aussi.

Mes amies ne sont pas convaincues que ça soit une bonne idée.

Parce que nous n'avons pas convenu de nous rencontrer face à face, vous voulez dire ?

Oui.

Est-ce que c'est ce que vous désirez ?

La réponse se fit attendre. Merry réfléchissait-elle à ce qu'elle voulait ? Ou peut-être tapait-elle simplement un long message.

Oui, mais pas tout de suite. Est-ce que ça vous dérangerait qu'on attende encore un moment ? Je trouve qu'échanger par ordi suffit pour l'instant. Ça nous permet de nous familiariser l'un avec l'autre.

Craignez-vous d'être déçue en me rencontrant ?

Pas du tout. Mais je me sentirais plus à l'aise si on décidait de se voir en personne quand on se connaîtra mieux. Qui vous êtes à l'intérieur m'importe plus que votre physique. Et puis, j'ai un petit problème.

Quel genre de problème ?

Je passe beaucoup de temps au bureau ces temps-ci et j'ai aussi des responsabilités vis-à-vis de ma famille. D'autant qu'avec Noël qui approche, j'ai une liste de tâches longue comme le bras.

Je peux avoir un extrait de la liste ?

Préparer plein de biscuits de Noël avec Patrick et ma mère. On en offre toujours à la famille et aux amis. Maman en apporte à ses amis atteints de sclérose en plaques comme elle, mais qui sont à un stade plus avancé. Et puis, il y a toutes les personnes merveilleuses dans nos vies qui nous aident au jour le jour. Leur offrir quelque chose qu'on a cuisiné de nos propres mains, c'est notre façon de les remercier pour tout ce qu'ils font pour nous.

Vous parlez du personnel médical ?

Oui, mais ce sont des amis aussi.

Vraiment ? Qui ?

Par exemple, l'auxiliaire de vie qui vient aider Maman deux fois par semaine, le facteur, le petit livreur de journaux, les profs de Patrick. Ces gens-là méritent toute notre gratitude aussi.

Jayson considéra le message de Merry un moment. Jamais, de toute sa vie, il n'avait songé à offrir de cadeau à un facteur ou qui que ce soit travaillant dans le service. La seule exception, c'était son portier, et il le remerciait avec de l'argent. C'était autrement moins personnel que des petits gâteaux. Mais aussi plus facile et moins contraignant.

En revanche, Merry et sa famille donnaient d'eux-mêmes alors que rien ni personne ne les y obligeait. C'était un concept totalement étranger à Jayson. Était-ce une chose courante dans les autres familles ?

Sans Lucky Wink, il n'aurait jamais eu l'occasion de rencontrer quelqu'un comme Merry. Quoique, il aurait sans doute pu la rencontrer dans d'autres circonstances ; mais lui aurait-il seulement prêté attention ? Il en doutait. Au fond, s'il n'avait fréquenté que des femmes superficielles jusqu'ici, n'était-ce pas parce qu'il s'était lui-même montré superficiel ?

Jayson se passa une main sur le visage avant de se remettre à taper au clavier. Il n'avait toujours répondu à la question de Merry.

Ça ne me dérange pas d'attendre avant de vous rencontrer. J'ai trop de travail aussi, de toute façon. En plus, mon père est de passage en ville. Pour mon plus grand déplaisir.

Il avait envie de connaître l'avis de Merry à ce sujet.

Vous ne vous entendez pas avec votre père ?

Pas spécialement. Il ne s'est jamais beaucoup intéressé à moi quand j'étais plus jeune, et maintenant il veut une relation père-fils. Moi, ça ne me branche pas.

Mieux vaut tard que jamais.

Jayson esquissa un sourire.

Je m'attendais à cette réponse. Vous êtes très proche de votre famille.

Oui, et j'adore mon père.

Vous avez de la chance d'en avoir un bon.

C'est vrai. Mais vous, vous devriez peut-être donner une

seconde chance au vôtre. Il essaie peut-être de recoller les morceaux.

Ça m'étonnerait que ça fonctionne.

Ça ne risque pas si vous ne lui en laissez pas l'occasion.

Jayson inclina la tête. Il savait, grâce à son profil, que Merry avait vingt-quatre ans. Comment pouvait-on déjà faire preuve d'autant de sagesse à cet âge ?

Je vais y réfléchir.

Ils échangèrent des messages pendant deux bonnes heures. Ils auraient sans doute tchatté encore plus longtemps si Merry n'avait pas dû aller aider son frère à fermer l'épicerie où il travaillait. Ils auraient peut-être même continué jusqu'au petit matin.

Merry avait parlé de son propre père, qui faisait beaucoup de sacrifices pour permettre à leur famille de s'en sortir. En somme, le parfait opposé de celui de Jayson. Alex Bright avait échoué sur tous les plans : un père qui ne valait pas un clou, un mari qui avait trompé chacune de ses femmes, un véritable requin en affaires, et même, dans l'ensemble, un piètre ami.

Jayson pouvait compter sur les doigts d'une seule main le nombre de fois où son père lui avait rendu visite pendant toutes ses années en pensionnat. Il avait toujours eu l'impression de n'être pour son père qu'un chewing-gum collé sous sa chaussure. À quoi bon donner une seconde chance à ce bon à rien ?

Le lendemain midi, père et fils se retrouvèrent dans un des meilleurs restaurants de la ville. À la grande surprise de Jayson, son père n'était pas venu accompagné. Il avait également pris un peu d'embonpoint, ce qui voulait dire que l'âge commençait à avoir raison de son mode de vie.

Alex Bright accueillit son fils avec un large sourire et une tape dans le dos.

— Je suis heureux que tu aies réussi à me caser dans ton emploi du temps surchargé.

— Tel père, tel fils, répliqua Jayson alors qu'ils s'asseyaient l'un en face de l'autre.

La pique fit rire Alex.

— Alors, dis-moi, comment se fait-il que tu aies trouvé le temps pour un déjeuner avec moi, cette fois ? J'étais persuadé que tu allais encore annuler.

Bonne question. Jayson poussa un long soupir pour réfléchir à sa réponse.

— Quelqu'un m'a dit une chose qui m'a fait revoir ma position.

— Vraiment ? Et que t'a-t-il dit ?

— Elle.

Son père haussa les sourcils.

— J'imagine qu'il s'agit d'une tout autre « elle » que cette fille que tu fréquentes…

Préférant rester vague sur ce point, Jayson ne releva pas la question sous-jacente.

— Elle a dit que je devrais te donner une seconde chance. Donc, papa, voilà ta seconde chance.

Ces mots parvinrent à déstabiliser son père. Il perdit son air narquois et s'intéressa tout à coup au menu pour éviter le regard de Jayson.

— Remercie-la de ma part, finit-il par murmurer.

Jayson le dévisagea un long moment, sans savoir que penser.

5

Merry

Merry consacra son week-end à décorer la maison pour Noël. Samedi, elle partit en quête du sapin parfait avec Patrick, une tradition familiale. Surexcité, son petit frère bondissait comme un cabri d'un arbre à l'autre et s'extasiait sur les qualités de chacun. Patrick adorait la période des fêtes.

Choisir un sapin, le ramener à la maison, puis le décorer leur prit plusieurs heures. Avec des chants de Noël en fond sonore, ils mirent tout leur cœur à accrocher guirlandes, boules et sujets, que Patrick avait en grande partie fabriqués lui-même au fil des ans et que leur mère avait toujours tenu à garder. En fin de compte, leur petit sapin ne payait pas de mine et était bien trop chargé, mais Merry le trouvait absolument parfait.

Dimanche, après la messe, elle prépara avec sa mère des biscuits au lait de poule en forme de sapins, d'étoiles et autres découpes festives, puis Patrick se chargea de les couvrir de glaçage et de les décorer de vermicelles colorés. Au cours de la deuxième fournée, Merry se surprit à penser à Jay et à leur échange de la veille.

Elle était heureuse qu'il ait accepté de voir son père malgré ses réserves. Jay avait dit que ça s'était relativement bien passé. Pas « à merveille », juste « relativement bien ». Mais toujours mieux que ce qu'il avait redouté. Son père et lui avaient même réussi à avoir une conversation civilisée sur leurs vies respectives.

Plus tard, quand Merry avait mentionné qu'elle comptait passer son dimanche après-midi à préparer des biscuits, Jay avait confié ne plus se rappeler quand il avait mangé des biscuits faits maison pour la dernière fois. Cet aveu avait fendu le cœur de Merry. Elle aurait tant aimé pouvoir faire goûter ses biscuits à Jay ! Et si elle lui en offrait une boîte, le jour où ils finiraient par se rencontrer ?

Lundi matin, Merry arriva au travail avec une demi-heure d'avance. Elle commença par installer un sapin miniature à côté de son ordinateur, puis entreprit d'enrouler une guirlande argentée autour des bureaux de ses collègues et du sien. Et, touche finale, elle orna chaque guirlande de quelques petits sujets en verre.

Une fois sa mission accomplie, elle embrassa l'open space du regard pour admirer son œuvre. Elle n'était pas peu fière. Bien sûr, il était important pour elle de marquer l'approche des fêtes. Mais elle espérait surtout que toutes ces décorations de Noël puissent un peu égayer les esprits, en cette période où tout le monde travaillait d'arrache-pied.

Lauren fut la première à arriver. Son visage s'éclaira dès qu'elle vit ce que Merry avait préparé.

— Génial !

— Ça te plaît ?

— J'adore. J'ai le moral dans les chaussettes en ce moment. Je suis à plat avec toutes ces heures sup.

— Moi aussi, soupira Kylie derrière elles.

Merry et Lauren se retournèrent vers leur collègue qui les rejoignait sans entrain. Mais lorsque Kylie remarqua les décorations, un large sourire illumina ses traits fatigués.

— C'est trop cool !

— J'ai téléchargé quelques chansons de Noël, ajouta Merry, ravie. Je me suis dit qu'on pourrait les mettre en sourdine en travaillant.

— Super idée.

— Oui, approuva Kylie. J'adore la musique de Noël.

— Tant mieux, se réjouit Merry. En revanche, il vaut mieux qu'on évite de chantonner. Quelqu'un pourrait nous entendre.

Ce « quelqu'un » renvoyait bien sûr à leur rabat-joie de patron. Avec Bright, c'était boulot, boulot, boulot. Elle n'imaginait même pas sa tête s'il se rendait compte que ses employés s'amusaient un tant soit peu pendant les heures de bureau…

— Satané M. Bright, grogna Kylie.

— Oui, soupira Merry. Le mot « s'amuser » ne fait pas partie de son vocabulaire.

Cet homme semblait constamment de mauvaise humeur. Pour lui, tout ne tournait qu'autour du travail, comme si rien d'autre ne comptait dans la vie. Certes, Merry comprenait que le contrat Boeing était important pour l'entreprise et qu'ils avaient une échéance à respecter. M. Bright espérait sans doute que la compagnie aérienne devienne un gros client. Matterson Consulting pourrait sans doute alors ouvrir de nouvelles succursales, et donc augmenter ses bénéfices. Mais elle estimait que quantité n'était pas forcément synonyme de qualité. Évidemment, personne ne lui avait demandé son avis à ce sujet, encore moins son patron.

Elle se mit donc au travail, tout comme ses collègues. Les chants de Noël en fond sonore rendaient la saisie de données beaucoup plus agréable. Même en sachant que leur journée de travail allait durer dix longues heures, elle resta d'une bonne humeur sans faille. Merry passait son meilleur lundi matin depuis des semaines.

De temps en temps, ses pensées dérivaient vers Jay. Elle avait hâte de pouvoir tchatter avec lui ce soir, d'autant plus qu'ils n'avaient pas pu discuter longtemps la veille. Ils avaient dû se coucher de bonne heure puisqu'ils devaient tous les deux se lever tôt pour le travail. Et puis, même si Merry adorait préparer les fêtes en famille, passer son week-end à décorer la maison et cuisiner l'avait épuisée.

Patrick semblait comprendre l'importance que Jay avait prise pour elle en si peu de temps. La veille, il avait tenu à lui envoyer un message lui-même. Merry avait un peu redouté la réponse de Jay, mais il l'avait agréablement surprise. Jusqu'ici, il s'était montré très patient et attentionné avec Patrick et il le traitait comme n'importe qui d'autre.

C'était un des côtés de Jay qui la mettait le plus en confiance. Une fois, au lycée, un garçon qu'elle commençait à fréquenter avait cru drôle de se moquer de son frère. Furieuse, elle l'avait plaqué sans la moindre hésitation. Et le pire, c'est que cet abruti avait eu l'audace de lui reprocher de ne pas avoir d'humour !

Jay, en revanche, était merveilleux avec Patrick. D'ailleurs, après ça, Merry avait suggéré qu'ils arrêtent de se vouvoyer. Elle commençait même à envisager de le rencontrer plus tôt que prévu. Elle aborderait peut-être la question avec lui ce soir, pour voir ce qu'il en pensait.

La matinée suivit son cours sans accroc, jusqu'au moment où M. Bright passa devant leur service. Remarquant qu'il considérait les décorations de Noël d'un mauvais œil, Merry lui jeta un regard plein de défi. Qu'il fasse donc un commentaire désobligeant, s'il l'osait !

— Qui a fait ça ? demanda-t-il.

Prête à en découdre, Merry se leva de son bureau.

— C'est moi.

— Votre initiative part d'une bonne intention, mais malheureusement, je dois vous demander de tout retirer.

Elle dut ronger son frein pour garder un ton poli.

— Pourquoi ? Ça ne gêne pas notre travail. Demandez donc à Kylie et Lauren, si vous ne me croyez pas. En fait, on avance même plus vite que d'habitude, parce que la musique nous détend et nous rend plus efficaces.

— Je ne prétends pas le…

— Que pouvez-vous bien avoir contre Noël ? le coupa-t-elle.

— Je n'ai rien contre Noël. Mais le guide des employés stipule clairement que…

Trop stupéfaite pour songer à ses manières, Merry l'interrompit de nouveau.

— Le guide des employés ?

— Oui, le guide que tous les employés sont tenus de lire, mademoiselle… Knight.

Il avait dû consulter la plaque posée sur son bureau avant de dire son nom.

— Je suis intérimaire et personne ne m'a donné ce guide.

— Ce qui explique pourquoi vous n'êtes pas au courant des règles, concéda M. Bright. Je ne peux pas autoriser vos décorations, sinon ça encouragerait le reste des employés à ignorer le règlement de l'entreprise.

— Je vois…

Merry se mordit la lèvre pour ne pas devenir impertinente. Quelle règle stupide !

Comme si M. Bright avait lu dans ses pensées, il ajouta :

— Le guide des employés stipule que toute décoration festive est formellement interdite sur le lieu de travail. Je suis navré que le service des ressources humaines ne vous ait pas remis ce document ; je veillerai à vous faire procurer un exemplaire. Je vous saurais gré de bien vouloir le lire.

— Je n'y manquerai pas, marmonna-t-elle sans vraiment le penser.

C'était un peu tard pour ça ! Son contrat se terminait juste avant Noël et elle allait avoir du mal à trouver le temps de lire le règlement d'ici là.

— Je vous suggère de commencer par la page vingt, troisième paragraphe en partant du bas, précisa son patron.

Connaissait-il le guide par cœur ? Au fond, ce ne serait pas vraiment surprenant.

— Ce n'est pas moi qui l'ai rédigé, mademoiselle Knight, poursuivit-il, sur la défensive. Il s'agit d'une règle en vigueur depuis longtemps dans l'entreprise, mais il ne faut pas moins la respecter. Puis-je compter sur vous pour retirer ces décorations ?

Merry prit une grande inspiration et hocha la tête à contrecœur.

— Oui.

— Merci.

Il considéra quelques instants le bureau de Merry avec une expression qu'elle n'arriva pas à déchiffrer. Était-ce du remords qu'elle voyait dans son regard ? Non, elle devait se tromper. À tous les coups, il considérait toute cette affaire comme une précieuse perte de temps pour l'entreprise.

— Je m'en chargerai en dehors des heures de travail, assura-t-elle. D'ailleurs, je suis venue en avance ce matin pour décorer.

— Merci. Je salue votre professionnalisme.

Sur ce, il tourna les talons et reprit son chemin. Lauren et Kylie, qui n'avaient pas raté une miette de l'échange tout en faisant mine de travailler, attendirent que le patron soit parti pour se tourner vers Merry.

— Ça va ? s'inquiéta Lauren.

— Bien sûr, mentit Merry. Je ne savais pas que l'entreprise interdisait les décorations de Noël.

Ses collègues ne devaient pas être au courant non plus, sinon elles l'auraient prévenue.

— On t'aidera à tout décrocher, offrit Kylie.

— Non, ça ira, merci. C'est moi qui ai décidé de décorer, donc c'est à moi de m'en charger.

Elle se remit au travail, mais la colère faisait trembler ses doigts. Pourquoi Bright s'en prenait-il toujours à elle pour des broutilles ?

Il lui fallut quelques minutes pour retrouver son calme et se forcer à considérer les choses sous un autre angle. Au fond, son patron ne faisait que son travail. Ce n'était pas comme s'il avait pris un malin plaisir à lui remonter les bretelles. Il était simplement sous pression, comme tout le monde dans l'entreprise.

Heureusement, Merry n'avait plus que quelques semaines à tenir chez Matterson Consulting.

Le soir, la mauvaise humeur de Merry ne passa pas inaperçue à la maison. Notamment lorsqu'elle reclaqua la porte du micro-ondes avec plus de force que nécessaire.

— Dure journée ? s'inquiéta sa mère.

— Horrible, gémit Merry en s'attablant avec les restes du dîner. D'abord, M. Bright m'a obligée à retirer toutes les décorations que j'avais pris le temps d'accrocher ce matin. Après, au déjeuner, j'ai taché mon chemisier blanc avec ma soupe à la tomate. Et pour couronner le tout, je me suis rendu compte dans l'après-midi que j'avais entré des données dans le mauvais dossier et j'ai dû tout recommencer depuis le début. Bonjour la perte de temps stupide, alors qu'on a déjà un délai serré à tenir.

— Oh, je suis désolée, ma chérie.

— Allons, Maman, tu n'as pas à être désolée. C'est moi qui ai fait une erreur.

— Mais pourquoi est-ce que ton patron t'a fait retirer les décorations de Noël ?

— C'est interdit par le règlement. Page vingt du guide des employés. Troisième paragraphe en partant du bas.

Robin fronça les sourcils.

— Tu répètes ce que t'a dit ton patron, pas vrai ?

— Oui.

— On dirait qu'il l'a écrit lui-même, ce guide.

— Il a affirmé que non, répondit Merry. Mais il a dû l'apprendre par cœur.

Elle fulminait toujours quand elle termina son plat. D'accord, ce n'était pas la faute de Bright si elle avait renversé sa soupe et si elle avait fait une faute bête. Mais elle aurait sans doute été plus attentive s'il ne lui avait pas gâché la journée si tôt !

Après le repas, Merry attendit de se calmer un peu pour aller tchatter avec Jay. Mais même si elle évita de mentionner son horrible journée, il lui demanda ce qui n'allait pas au bout de quelques minutes.

J'ai passé le pire lundi du monde. Un vrai cauchemar. J'espère que ta journée a été meilleure que la mienne.

Tu as envie d'en parler ?

C'est gentil, mais non. Si je répète encore une fois tout ce qui s'est mal passé, je vais encore finir dans tous mes états. Je n'ai pas envie de perdre une minute de plus à ressasser le négatif. En gros, je me suis pris le chou avec mon patron. Mais bon, c'est fini maintenant, je préfère tourner la page.

Je n'aime pas te savoir dans cet état.

Ce n'est rien, je vais déjà mieux rien qu'en te parlant.

C'était la vérité. En à peine quelques minutes, Merry se sentait déjà le cœur plus léger. Tchatter avec Jay était exactement ce qu'il lui fallait pour oublier sa journée désastreuse.

Je donnerais tout pour pouvoir te réconforter avec un câlin.

Les doigts figés au-dessus du clavier, Merry se mordilla la lèvre. Elle aussi, elle donnerait tout pour un câlin de Jay. Ils avaient décidé d'attendre de mieux se connaître avant de se rencontrer, mais au fond, ne s'inquiétaient-ils pas pour rien ? En fait, ne risquaient-ils pas plutôt de compliquer les choses s'ils attendaient trop longtemps ?

Après une longue hésitation, elle finit par se lancer :

Est-ce qu'on pense à la même chose ?

Je n'arrête pas de m'imaginer discuter avec toi face à face plutôt qu'à travers un écran. Je nous imagine bavarder autour d'un café, entendre ton rire, prendre ta main dans la mienne… Qu'est-ce que tu en dis ?

Merry avait envie de tout ça, elle aussi. Et pourtant, elle hésitait à accepter.

Qu'est-ce qui t'a fait changer d'avis ?

Je ne sais pas trop. Je crois que c'est parce que quelque chose a changé entre nous, ce week-end.

Elle partageait cette impression. Elle avait le sentiment qu'ils avaient passé un cap. D'abord, Jay s'était ouvert à elle sur ses rapports difficiles avec son père. Et puis, le voir échanger avec Patrick avec une infinie gentillesse avait comme abattu la barrière que Merry avait érigée entre eux sans même s'en rendre compte. Ça s'était senti dans leur conversation de la veille au soir, même si elle avait duré moins longtemps que d'habitude. Leurs échanges étaient devenus plus intimes, en quelque sorte.

Tu as été de bon conseil vis-à-vis de mon père. Ce que tu as dit m'a aidé à le voir sous un autre jour. Il a l'air de regretter pas mal de choses de sa vie, en particulier le type de père qu'il a été. J'ai l'impression qu'il essaie de rattraper le temps perdu. On ne sera jamais copains comme cochons, lui et moi, mais au moins, j'ai réussi à discuter avec lui sans me laisser aveugler par la rancœur. Tout ça, c'est grâce à toi. Je me suis rendu compte en sortant du restaurant que je mourais d'envie de te rencontrer en personne. Est-ce que tu es prête pour ça ?

Tu ne dis pas ça comme ça, hein ? Tu veux vraiment qu'on se rencontre ?

Oui, et le plus tôt sera le mieux.

Ça devra attendre dimanche. Je travaille tard tous les soirs cette semaine, et j'ai promis d'accompagner Patrick et ses amis à Leavenworth samedi, pour le festival des illuminations de Noël. On rentrera tard dans la soirée.

Dimanche, alors. Quelle heure ?

Tu es absolument sûr que c'est ce que tu veux ?

Sûr et certain. J'en ai un peu plus envie à chaque minute qui passe.

Bon, très bien. 15 heures, ça t'irait ? J'aime bien ton idée d'aller prendre un café.

Ils se proposèrent plusieurs points de rendez-vous avant de tomber d'accord sur le Starbucks du centre commercial de Pacific Place, dans le centre-ville. C'était un endroit facile d'accès pour eux deux, même si Merry allait devoir prendre le bus. Et pour ne pas avoir de mal à se reconnaître l'un l'autre, Jay décida qu'il porterait une chemise bleue, et Merry un manteau beige et une écharpe à carreaux marron et noirs.

Le lendemain matin, la bonne humeur évidente de Merry intrigua Lauren et Kylie dès son arrivée au bureau.

— Tu es bien guillerette aujourd'hui. Tu as gagné au loto hier soir ou quoi ?

— Je vais rencontrer Jay dimanche, répondit-elle avec un sourire jusqu'aux oreilles.

Lauren fronça aussitôt les sourcils.

— Jay ? Le Jay d'Internet ? Tu as conscience que ça pourrait être un serial killer, hein ?

— Il faut vivre avec son temps, mémé, la taquina Kylie. C'est comme ça qu'on se rencontre, de nos jours. Et bien sûr que c'est de ce Jay-là que Merry parle. Elle n'arrête pas de nous bassiner avec ce type.

Lauren n'avait pas envie de rigoler.

— Merry, ne fais pas ça. Tu vas le regretter, crois-moi.

— Je savais que tu réagirais comme ça, dit Merry. Ne t'inquiète pas, on va juste prendre un café.

— Dans un lieu public ?

— Oui, bien sûr.

— C'est tellement romantique, soupira Kylie, l'air rêveur. J'ai l'impression de vivre une grande histoire d'amour à travers toi.

— Tu vas être déçue, soutint Lauren. C'est moi qui te le dis.

Kylie leva les yeux au ciel.

— Allons, tu ne peux pas savoir comment ça va se passer.

— Je parie qu'il est laid comme un pou. C'est sûrement pour ça qu'il n'a pas tenu à te rencontrer plus tôt.

— Oh, mais arrête un peu !

Merry laissa ses collègues se chamailler et se mit au travail. Le physique de Jay lui importait peu. Ce qui comptait, c'était qu'ils s'entendent bien et qu'elle se sente à l'aise avec lui. Bien sûr, elle n'était pas totalement naïve ; il y avait encore plein de choses qu'elle ignorait sur Jay. Mais une chose était sûre : au fond, ils se ressemblaient beaucoup. Ils étaient deux âmes esseulées qui s'étaient laissé emprisonner par leurs responsabilités au lieu de profiter de la vie.

Ce soir-là, lorsque Merry s'installa sur son lit avec l'ordinateur portable, Jay l'attendait déjà en ligne.

Alors, tes collègues ont réussi à te dissuader de me rencontrer ?

Elle en resta bouche bée. Quelle perspicacité !

Non, mais ce n'est pas faute d'avoir essayé. Et toi ? Est-ce que tes amis ont fait pareil ?

Mes amis se comptent sur les doigts de la main, Merry. Celui dont je suis le plus proche vit loin de Seattle et je ne lui ai pas demandé son avis sur la question.

Pareil pour moi. Ma meilleure amie a épousé un type dans la marine et elle a déménagé. Je m'entends bien avec mes collègues, mais je ne suis pas aussi proche d'elles que de Dakota. C'est aussi parce que ma vie sociale n'est pas des plus animées que Patrick et ma mère m'ont inscrite ici.

Et je leur en suis très reconnaissant.

Moi aussi.

Patrick avait-il senti qu'on le mentionnait ? Il entra l'instant d'après dans la chambre de Merry.

— Tu parles avec Jay ?

— Ouaip.

— Je peux, moi aussi ?

Merry le laissa s'asseoir à côté d'elle et lui passa l'ordinateur. Pourquoi pas ? Jay semblait bien aimer son frère, lui aussi.

Coucou Jay. C'est moi. Patrick. Riri dit que je peux te parler.

Est-ce qu'elle t'a dit qu'on va bientôt avoir notre premier rendez-vous ?

Oui. Et aussi qu'elle va t'apporter des biscuits pour te faire une surprise. C'est elle qui les a faits avec Maman, mais moi j'ai mis le glaçage et les vermicelles. Tu aimes les biscuits ? Moi oui.

J'adore ça.

J'aime bien les faire mais j'aime encore plus les manger. Bon Riri dit qu'elle veut te reparler.

OK. Ça m'a fait plaisir de discuter avec toi.

Merry posa de nouveau l'ordinateur sur ses jambes en tailleur. Elle aurait préféré que Patrick évite de mentionner la petite surprise qu'elle avait prévue pour Jay, mais tant pis. Elle n'allait pas gronder son frère pour si peu.

Me revoilà.

Alors comme ça, tu comptes m'offrir des biscuits maison ?

Bah, tu sais ce qu'on dit : le meilleur moyen de gagner le cœur d'un homme, c'est séduire ses papilles.

Peut-être bien. Mais tu n'auras pas besoin de biscuits pour y parvenir, Merry.

Sous le choc, elle relut plusieurs fois le dernier message de Jay. Il n'aurait pas dû dire des choses pareilles. Pas si tôt. Ce n'était pas raisonnable.

Et pourtant, raisonnable ou pas, Merry se sentit pousser des ailes. Elle souriait comme ça ne lui était pas arrivé depuis bien longtemps.

Il lui tardait d'être à dimanche.

6

Jayson

Dimanche était encore trop loin.

Jayson n'arrivait pas à dormir. Merry occupait toutes ses pensées, des plus joyeuses aux plus sombres.

Depuis qu'elle avait brièvement mentionné ses problèmes avec son patron, Jayson n'avait qu'une envie : casser la figure de ce type. Il n'était pourtant pas un homme violent, loin de là. Il ne savait même pas ce qui s'était passé exactement, puisque Merry n'avait pas tenu à s'étendre sur le sujet. Elle parlait peu de son travail ; il savait juste qu'elle ne comptait pas renouveler son contrat si jamais on venait à le lui proposer. C'était plus fort que lui, il éprouvait l'intense besoin de la défendre, de la protéger. C'était étrange. Aucune femme n'avait encore éveillé un instinct protecteur en lui.

Mais Merry n'était pas n'importe quelle femme. C'était une belle âme. Pure, généreuse. Et le fait qu'elle ait refusé de s'étendre sur sa prise de bec avec son patron le prouvait bien. Elle n'était pas du genre à ressasser le négatif, et encore moins à vouloir qu'on la plaigne. En cas de problème, elle préférait se débrouiller seule plutôt que d'accabler les autres.

Il admirait sa force de caractère. D'un autre côté, il espérait aussi qu'elle s'ouvre davantage à lui avec le temps. Qu'elle en vienne à le voir comme une épaule sur laquelle elle pouvait se reposer en cas de besoin.

Jayson se retourna dans son lit. Ils tchattaient jusqu'à près de minuit quasiment tous les soirs et, même là, ils avaient toujours du mal à s'arrêter de parler. Il ne se serait jamais cru capable d'échanger si facilement avec quelqu'un – une femme qu'il n'avait pas encore rencontrée, qui plus est !

Merry lui avait raconté les Noëls de son enfance. Malgré leurs moyens limités, ses parents s'étaient toujours donné du mal pour en faire un jour spécial pour leurs enfants. Autrement dit, tout l'inverse des Noëls de l'enfance de Jayson. Certes, il avait toujours reçu des cadeaux à foison, mais quelle joie pouvait-on prendre à ouvrir ses cadeaux pendant que ses parents, les personnes les plus importantes de son petit monde, se disputaient et se criaient des horreurs ? C'était même la seule tradition de Noël de sa famille. Rien de tel pour qu'un enfant se sente aimé et voulu…

Avec un soupir amer, Jayson changea de nouveau de position pour essayer de trouver le sommeil et se mit à imaginer à quoi ressemblerait un Noël en compagnie de Merry.

Il y aurait un grand sapin, bien sûr. Un sapin gigantesque, orné de guirlandes et de sujets fabriqués par Patrick et leurs enfants. Et puis aussi…

Ouh là. Minute papillon.

Leurs enfants ?

Était-il en train de s'imaginer père de famille ? *Lui ?*

Cette idée perturba tant Jayson qu'il se redressa d'un bond dans son lit.

Tu perds la boule, mon vieux.

Il tchattait avec une fille depuis à peine quelques semaines, et voilà qu'il s'imaginait déjà gambader dans des champs de fleurs à dos de licorne sous un arc-en-ciel. Ça ne lui ressemblait pas. Du tout.

Secoué, Jayson se passa la main sur le visage avant de se rallonger. Il ferma les yeux, inspirant à fond pour tâcher de se détendre. Mais dès qu'il sombra dans la somnolence, la même image ridicule refit surface dans son esprit. Pire encore, son imagination s'emballa. L'immense sapin, l'arôme des biscuits au lait de poule tout chauds à la sortie du four… Il arrivait presque à imaginer le goût du glaçage.

Curieusement, il n'imaginait pas de cadeaux sous le sapin. Mais après tout, les cadeaux n'étaient pas ce qui comptait le plus à Noël. Et puis, le père Noël n'était pas encore passé.

Le père Noël ?

Même petit, Jayson n'avait jamais cru au père Noël. Comment l'aurait-il pu ? Il n'avait même pas vraiment eu d'enfance.

Ce n'était pas une manière de s'apitoyer sur son sort. Il savait parfaitement que, sur le plan matériel, il avait eu une enfance bien plus privilégiée que la plupart des gens. Il avait toujours eu un toit au-dessus de sa tête, toujours une assiette bien remplie.

La chose dont il avait manqué, c'était l'amour.

Le lendemain matin, Jayson arriva tôt au bureau et fit un détour pour passer par le service où travaillait Mary Knight. Ni elle ni ses collègues n'étaient encore à leur poste et la première chose qu'il remarqua, c'était que le sapin miniature avait disparu du bureau, tout comme les guirlandes argentées. Il s'en voulait de l'avoir obligée à retirer les décorations. Faire respecter les règles était loin d'être ce qu'il préférait dans son travail, mais c'était aussi nécessaire. Il avait tâché d'expliquer au mieux la situation, et il espérait qu'elle ne l'ait pas pris comme une attaque personnelle.

Planté au milieu de l'open space, Jayson repensa au jour où il l'avait vue manger un sandwich à son bureau. Il ne comprenait toujours pas pourquoi elle avait éprouvé le besoin de déjeuner devant son ordinateur alors que l'entreprise offrait une cafétéria tout à fait adéquate. Mais ce qui l'avait le plus dérangé, c'était qu'il avait eu le sentiment qu'elle essayait de bâcler son travail pour pouvoir partir le plus tôt possible, sans doute pour un rendez-vous. Mary Knight était une jolie jeune femme ; il était plus que probable qu'elle ait un petit ami. Ce qui ne regardait Jayson en rien. C'était insensé de sa part qu'il se soit agacé de ce qu'elle pouvait faire ou ne pas faire en dehors des heures de bureau.

Seulement, la vérité, c'était que Mary lui plaisait. Il aimait le fait qu'elle n'ait pas la langue dans sa poche et qu'elle ne se laisse pas marcher sur les pieds.

Aussitôt, Jayson se sentit coupable de songer de la sorte à une employée. D'autant plus qu'il allait rencontrer Merry dans quelques jours. C'était elle qui l'intéressait réellement. Pas Mary ni aucune autre femme.

Mais d'ailleurs, où était Mary ? Fronçant les sourcils, il consulta sa montre : 8 h 04. Curieux, elle n'était pourtant pas du genre à arriver en retard.

L'instant d'après, elle surgit justement de l'ascenseur, les mains chargées de trois boissons à emporter – des cafés pour ses collègues et elle, sans doute. Sans remarquer Jayson, elle se dépêcha de déposer une boisson sur chacun des trois bureaux tout en fredonnant joyeusement un chant de Noël.

Ce n'est que lorsqu'elle retira son manteau que Mary se rendit compte qu'elle n'était pas seule. Et quand elle croisa le regard de Jayson, elle resta figée quelques instants.

— Les boissons sont autorisées aux postes de travail, affirma-t-elle, comme si elle redoutait un reproche. Je n'ai rien vu dans le guide des employés qui stipule le contraire.

— Vous voulez dire que vous l'avez déjà lu ? s'étonna-t-il.

Elle baissa les yeux et parut hésiter à répondre.

— Euh, non. Pas encore.

La remarque le fit sourire, ce qui, en retour, arracha un sourire timide à Mary. Il y eut un moment de flottement. Honteux d'avoir été surpris en train d'observer son employée sans un mot, Jayson jeta un œil à sa montre et dit :

— Vous êtes en retard.

Le visage de Mary se ferma aussitôt.

— Monsieur Bright, si vous cherchez une excuse pour me virer, je vous serais reconnaissante d'attendre encore quelques semaines.

Jayson s'en voulut de lui avoir reproché son retard. Il n'avait nullement eu l'intention de la menacer.

— Votre poste n'est pas en danger, mademoiselle Knight.

— Merci. Bien sûr, j'ai conscience que c'est uniquement parce que vous avez besoin de moi jusqu'à la fin de ce projet.

Il ouvrit la bouche pour la contredire, puis se ravisa. Leur échange commençait à tourner au vinaigre. Avait-il vraiment envie de commencer sa journée par une altercation verbale avec une intérimaire ?

— Je ne vous retarde pas plus longtemps, conclut-il avant de prendre congé.

Jayson sentit le malaise grandir en lui à chaque pas qui le rapprochait de son propre bureau. Il n'aimait pas la façon dont il avait géré la situation avec Mary Knight. Quelque chose chez cette femme le déstabilisait. Mais quoi ? Il n'arrivait pas à mettre le doigt dessus.

Plus tard dans la matinée, le téléphone personnel de Jayson sonna alors qu'il était entre deux réunions.

En voyant le nom de Cooper sur l'écran, il décrocha avec un sourire.

— Hé, Jay ! le salua son cousin avec son enthousiasme habituel. Qu'est-ce que tu fais de beau ?

— À ton avis ? Je bosse. Viens-en au fait.

Il n'avait pas le temps de tailler une bavette. Comme toujours, il avait du travail jusqu'au cou.

— En fait, c'est Maddy qui aimerait savoir si tu comptes venir accompagné au mariage.

— Ton mariage est prévu pour l'automne prochain.

Cooper poussa un soupir amusé, comme s'il s'était attendu à cette réponse mot pour mot.

— Qu'est-ce que tu veux que je te dise, mon vieux ? Ma future femme aime prévoir les choses en avance.

Par réflexe, Jayson faillit affirmer qu'il viendrait seul. Puis il hésita.

— Peut-être, finit-il par dire.

Il y eut un bref silence au bout du fil.

— Tu es sérieux ? Et moi qui ai assuré à Maddy que j'allais juste te poser la question pour la forme parce que tu fais toujours cavalier seul… Tu as rencontré quelqu'un depuis la dernière fois qu'on s'est parlé ?

— Ouais. Plus ou moins.

— Plus ou moins ? Comment est-ce qu'on peut « plus ou moins » rencontrer quelqu'un ?

Jayson n'hésita pas longtemps à répondre. Après tout, Cooper aurait appris tôt ou tard l'existence de Merry.

— Après ta visite, je suis allé faire un tour sur ton site de rencontre.

— Lucky Wink. Sérieux ?

— Ouais, ouais, je sais. Bref, j'ai vu la photo d'un chien et…

— Attends, l'interrompit son cousin en riant. Tu sors avec un chien ?

— Non, Coop, je ne sors pas avec un chien. Et arrête un peu de te payer ma tête. Je suis sérieux.

— OK, désolé.

— Je disais donc : j'ai vu la photo d'un chien et j'ai pensé que cette femme devait être du genre à vouloir être appréciée pour sa personnalité et non pour son physique.

— Donc si je comprends bien, répondit Cooper, tu t'es inscrit et tu l'as contactée.

— Ouaip.

Jayson prit un malin plaisir à imaginer l'air hébété que son cousin devait afficher en ce moment même.

— Du coup, reprit Cooper, tu ne l'as pas encore vue en vrai, c'est ça ?

— Pas encore, non.

Plus que quelques jours à attendre.

— On a pas mal tchatté sur le site et elle me plaît. Beaucoup.

— Est-ce que tu sais au moins à quoi elle ressemble ?

— Non, aucune idée.

— Et ça ne te dérange pas ?

— Pas du tout.

C'était l'entière vérité.

Mais son ami ne semblait pas partager son assurance.

— Et tu n'as pas peur qu'elle soit… tu sais… bizarre ? Si ça se trouve, tu te fais draguer par une vieille cougar.

Jayson éclata de rire. Facile à dire pour Cooper ; il connaissait Maddy depuis l'enfance.

— Elle prend le même risque que moi. Rien ne lui prouve que je ne suis pas « un vieux pervers répugnant ».

Merry lui avait confié, la semaine précédente, que c'était ce que lui avait dit sa collègue pour la mettre en garde. L'expression avait bien fait rire Jayson, qui avait alors assuré qu'il était bien celui qu'il prétendait être. Elle l'avait cru – ce qui, dans un sens, était un peu préoccupant. Comment pouvait-elle lui faire une confiance aveugle ?

— Tu veux dire que tu n'as pas posté ta photo, toi non plus ? s'étonna Cooper.

— Non, j'en ai mis une de Rocky.

— Tu plaisantes !

Jayson rigola doucement.

— Tu ne me croirais pas si je te disais le nombre de winks que j'ai reçus. Mais il n'y a que cette fille qui m'intéresse. Son pseudo, c'est Merry, écrit M-E-R-R-Y. Je suppose qu'elle l'a choisi parce que les fêtes approchent.

— Écoute, mon vieux, répondit Cooper d'un ton sérieux, je suis content que tu aies sauté le pas. Mais fais attention, OK ? Ça m'inquiète qu'elle n'ait pas mis sa photo ni donné son vrai nom.

— Tu n'as aucune raison de t'inquiéter. Tout va bien se passer. Cette fille me plaît. Je n'ai jamais ressenti ça.

Pour personne, ajouta-t-il mentalement.

Son cousin resta bizarrement silencieux.

— Rassure-moi, finit-il par dire, tu comptes quand même la rencontrer bientôt, hein ?

— Dimanche après-midi. On va prendre un café. Un rendez-vous très simple. Je sais bien que ça ne fait que quelques semaines que j'échange avec elle, mais je t'avoue que je suis sous le charme. Je n'ai jamais rencontré quelqu'un comme elle. Elle a la tête sur les épaules et le cœur sur la main, sa famille compte énormément pour elle…

Jayson referma la bouche pour s'arrêter d'énumérer les qualités de Merry. Si jamais leur rencontre se passait mal, il ne voulait pas que son cousin lui reproche de s'être emballé trop vite.

— Tu as conscience qu'elle pourrait être un laideron, hein ? fit remarquer Cooper. C'est peut-être pour ça qu'elle n'a pas posté sa photo.

L'idée avait déjà traversé l'esprit de Jayson. Mais le physique de Merry n'avait pas d'importance. C'était *elle* qui l'intriguait. Ce qu'elle était à l'intérieur. Il pensait sans cesse à elle. Il était devenu accro à leurs échanges. Merry lui donnait le sourire, et même quand ils devaient se dire au revoir, il éteignait son ordinateur avec le cœur léger et une agréable chaleur au creux du ventre – une sensation qu'il n'avait encore jamais éprouvée auparavant et dont il ne se lassait pas.

La voix de son cousin le tira de sa rêverie.

— Hé, mec, tu es toujours là ?

— Oui, désolé. J'avais la tête ailleurs.

— J'espère que ça va marcher, lui souhaita Cooper. Et le moment venu, j'aimerais beaucoup rencontrer cette femme qui te mène déjà par le bout du nez.

— Elle ne me mène pas par le bout du nez, se défendit Jayson.

Qui essayait-il de convaincre ? Cooper, ou lui-même ?

***

Dimanche, Jayson était prêt bien avant midi. Avec le recul, il regrettait d'avoir dit à Merry qu'il porterait une chemise bleue. C'était bien trop formel. Sur le moment, le choix lui avait paru comme une évidence, parce qu'il portait des chemises tous les jours au bureau. Merry allait-elle le prendre pour un accro du travail ? Ce n'était pas l'impression qu'il voulait lui donner. Si seulement il lui avait dit qu'il viendrait en simple pull et jean !

Et pourquoi pas même un affreux pull de Noël comme ceux qu'il avait vus en vitrine récemment ? Ça aurait été drôle d'en acheter un pour l'occasion. Il se souvenait en particulier d'un pull qui représentait une tête de renne avec un nez rouge qui clignotait et des oreilles mécaniques qui s'actionnaient toutes seules. Oui, ça aurait sûrement fait rire Merry.

À tout juste treize heures, Jayson faisait déjà les cent pas dans son appartement en regardant sa montre toutes les deux minutes. Plus l'heure du rendez-vous approchait, plus il était nerveux.

N'y tenant plus, il se mit en route pour Pacific Place avec plus d'une heure d'avance. Le centre commercial n'était qu'à quinze minutes à pied, alors il décida de faire un détour et s'obligea à marcher lentement.

Passant devant un fleuriste, il s'arrêta devant la vitrine décorée de branches de houx et resta planté là un long moment à regarder les poinsettias en exposition. Devrait-il en acheter un pot pour Merry ? Il n'avait pourtant jamais été du genre à offrir des fleurs. Il ne savait même pas quel type de fleurs convenait à un premier rendez-vous. Il ne pouvait tout de même arriver au Starbucks avec une plante en pot dans les mains !

Après mille hésitations, Jayson finit par entrer dans la boutique. Merry apprécierait sans doute le geste, et c'était tout ce qui comptait. Fourrant les mains dans ses poches pour masquer sa nervosité, il erra dans les allées pour chercher l'inspiration. Sans grand succès. Il ne connaissait vraiment rien aux fleurs.

Par chance, la vendeuse vola à son secours.

— Puis-je vous être utile, monsieur ?

— Oui…

Il hésita à expliquer sa situation à une parfaite inconnue. Mais après tout, comment la fleuriste pourrait-elle l'aider s'il restait trop vague ?

— Je rencontre une fille pour la première fois et je me dis que des fleurs pourraient lui faire plaisir.

— Excellente idée, monsieur. S'agit-il de quelqu'un que vous avez rencontré sur Internet ?

Il confirma d'un signe de tête, soulagé que la jeune femme ait compris la situation sans qu'il ait à trop fournir de détails.

— Ça fait tout de même quelque temps qu'on échange.

— Un bouquet de roses ? suggéra-t-elle.

Il refusa sans hésiter. Des roses, ce serait un peu trop. Merry était du genre à aimer les plaisirs simples. Un jour, elle avait même mentionné son faible pour les fleurs sauvages, il s'en souvenait à présent. Bien qu'il soit peu probable qu'on en trouve dans une boutique, Jayson demanda s'ils vendaient des fleurs qui s'en rapprochaient.

— On nous a récemment livré une cargaison de marguerites jaunes. Est-ce que ça vous conviendrait ?

— Parfait.

La vendeuse créa un joli bouquet qu'elle enveloppa avec goût et noua le tout par un ruban de satin.

Jayson se remit en route et ne tarda pas à rejoindre le centre commercial. Même s'il se sentait un peu bête avec son bouquet à la main, il avait hâte de voir l'expression que ferait Merry quand il les lui offrirait.

Il y avait du monde au Starbucks et il dut faire la queue pour commander deux cafés – une chance qu'il soit arrivé en avance ! Puis il s'installa à une table d'où il pourrait facilement surveiller le flot de personnes qui entraient et sortaient.

Il n'arrêtait pas de consulter sa montre. Il était presque quinze heures, à présent, or les minutes s'égrenaient à la vitesse d'un escargot.

Plus nerveux que jamais, il vit l'heure pile arriver enfin. Puis 15 h 05. 15 h 10. Et toujours aucun signe de Merry.

Jayson ne tenait plus en place sur sa chaise. Le manque de ponctualité était une chose qui l'irritait profondément. Que se passait-il ? Merry n'avait jamais été en retard pour leurs discussions en ligne. Enfin, si, une seule fois, mais son frère et sa mère avaient pris la peine de se connecter au tchat pour le prévenir. Pourquoi n'avait-il pas pensé à lui donner son numéro de portable ?

À mesure que l'heure tournait, l'agacement se transforma en anxiété. Merry avait-elle eu un accident ?

Ou bien lui avait-elle posé un lapin ?

— Excusez-moi, l'aborda soudain un vieil homme, allez-vous avoir besoin de cette chaise ?

— Oui, j'attends quelqu'un.

Les minutes s'écoulèrent l'une après l'autre.

À 15 h 30, Jayson décida de jeter l'éponge. Se dirigeant vers la sortie, il marqua un temps d'arrêt devant une poubelle et jeta le bouquet de marguerites.

Puis il quitta le Starbucks et rentra chez lui, rongé par l'inquiétude et la déception.

7

Merry

Merry savait que Patrick et ses parents attendaient son retour avec impatience pour savoir comment s'était passé son rendez-vous avec Jay.

Elle les trouva tous les trois dans le séjour, assis devant la cheminée. Ils écrivaient des cartes de vœux avec des chants de Noël en fond sonore. Comme à leur habitude, c'était sa mère qui rédigeait les messages, et elle laissait de la place au reste de la famille pour signer chacun de leur nom.

— Merry ! s'écria Patrick en bondissant du fauteuil pour courir à sa rencontre. Merry, tu es rentrée !

Patrick avait attendu ce rendez-vous avec presque autant d'excitation qu'elle.

— Alors, il t'a plu, Jay ? Est-ce qu'il est beau et gentil ? Raconte !

Mais quand Merry entra dans la pièce sans un mot, sa mère comprit immédiatement que quelque chose n'allait pas.

— Merry ? Est-ce qu'il est arrivé quelque chose ?

— Tu as l'air déçue, ajouta son père.

C'était le moins qu'on puisse dire.

Abattue, Merry se laissa tomber lourdement sur le canapé, résistant à l'envie d'enfouir le visage dans ses mains pour cacher sa détresse.

— Je… Je ne sais même pas par où commencer…

Elle avait passé tout le trajet du retour en bus à essayer de remettre de l'ordre dans le chaos qui régnait dans son esprit.

Elle n'arrivait toujours pas à le croire : Jay, l'homme merveilleux qui hantait ses pensées à longueur de journée depuis des semaines, était en réalité Jayson Bright, le patron qu'elle méprisait tant.

— Tu l'as bien rencontré, hein ? s'inquiéta sa mère. Vous n'avez pas dû discuter longtemps, vu que tu es déjà rentrée.

Merry secoua tristement la tête.

— Je ne me suis pas présentée. En fait, je suis repartie sans lui adresser la parole.

— Tu n'as même pas dit bonjour ? demanda Patrick, les sourcils froncés, comme si l'idée même lui paraissait inconcevable.

— Ne me dis pas que tu l'as laissé attendre là-bas tout seul ? s'offusqua sa mère.

Honteuse, Merry hocha la tête. Ses parents échangèrent un regard.

— Merry Knight, voilà qui ne te ressemble pas.

— Mais tu as dit à Jay que tu allais venir ! se lamenta Patrick. Tu n'as pas tenu ta promesse, Riri. C'est méchant.

Il semblait à la fois outré et blessé, comme si c'était à lui que Merry avait posé un lapin.

— Je sais…

Son frère avait raison. C'était lâche d'avoir fui comme elle l'avait fait. Voir Jayson Bright lui avait fait un sacré choc, et la panique avait pris le dessus. Comment son adorable Jay pouvait-il ne faire qu'une seule et même personne avec l'homme qui l'avait forcée à retirer les décorations de Noël au bureau ? Ça n'avait pas de sens.

— Patrick, tu veux bien aller regarder la télé dans ta chambre un moment pendant que je discute avec ta sœur ? demanda leur mère.

Devant l'hésitation de Patrick, leur père lui enroula un bras autour des épaules.

— Allez viens, mon bonhomme, laissons les femmes régler cette histoire.

— D'accord, mais il faut que tu grondes Merry parce qu'elle a été vilaine.

— J'y compte bien.

— Bon, ça va, alors, dit Patrick avant de faire les gros yeux à sa sœur. J'aime bien Jay et je sais qu'il t'aime bien aussi, mais maintenant il ne va plus vouloir être ton petit copain parce que tu as été méchante.

— Je sais, répondit Merry, honteuse.

Elle s'en voulait d'avoir abandonné Jay de cette façon. Ça lui fendait le cœur de l'imaginer tout seul à sa table au milieu du café bondé. Au bout de combien de temps avait-il compris qu'elle ne viendrait pas ?

— Est-ce qu'il est spécial comme moi ? demanda tout à coup Patrick, baissant la tête d'un air triste. C'est pour ça que tu ne l'aimes plus ?

— Oh ! Patrick, tu me connais mieux que ça. Tu sais bien que je l'aimerais encore plus s'il était comme toi.

La réponse sembla consoler Patrick, et leur père et lui quittèrent la pièce, laissant Merry avec sa mère.

— Alors, commença Robin avec douceur, explique-moi ce qui s'est passé.

Merry se mit à jouer nerveusement avec ses cheveux et enroula une mèche autour de son doigt.

— Jay, c'est Jayson Bright.

Pendant quelques instants, sa mère la regarda sans comprendre. Puis ses yeux s'arrondirent de stupeur.

— Ton patron, tu veux dire ? Celui qui a refusé de laisser Kylie s'occuper de son fils malade ?

— Le seul et l'unique, railla Merry.

— Celui qui vous impose toutes ces heures supplémentaires ?

Merry confirma d'un signe de tête.

— Oh, doux Jésus, marmonna Robin, la main sur la poitrine. Mais avant de découvrir sa véritable identité, tu aimais beaucoup Jay et tu adorais tchatter avec lui, ne l'oublie pas.

— C'est bien le problème…

Merry ne pouvait pas prétendre le contraire. Jay avait vite pris une place importante dans sa vie. Elle pensait à lui à longueur de journée et se jetait sur l'ordinateur tous les soirs pour pouvoir lui parler. Certes, l'homme qu'elle côtoyait au bureau était loin de ressembler à celui qu'elle connaissait en ligne. Mais, pour être tout à fait honnête, elle se comportait différemment au travail et sur Internet, elle aussi. Jay serait sûrement choqué, lui aussi, d'apprendre que la femme qu'il avait appris à connaître n'était autre que l'intérimaire qui lui donnait du fil à retordre au bureau.

C'était aussi pour cette raison qu'elle avait pris la fuite, tout à l'heure. Elle n'aurait pas supporté de lire l'énorme déception dans les yeux de Jay au moment où il aurait compris qui elle était.

— Il avait apporté un bouquet de marguerites jaunes, avoua Merry dans un murmure.

Elle imaginait mal Jayson Bright offrir des fleurs à qui que ce soit, encore moins à elle. Mais bien sûr, il était loin de se douter à qui il avait affaire…

— Il faut que tu lui dises, Merry, affirma sa mère d'un ton dénué de reproches.

— Que je lui dise qui je suis ? Tu rigoles ? Je ne peux pas, Maman. Tu imagines un peu le malaise au bureau ?

Sans oublier que, dans le guide des employés qu'il avait tenu à lui faire lire, il était écrit noir sur blanc : « Les relations intimes entre les responsables et leurs subordonnés sont fortement déconseillées. »

— Je sais, ma chérie, mais tu ne peux pas le laisser dans l'ignorance. Il ne sait pas ce qui s'est passé ; il doit être mort d'inquiétude.

— Mais s'il découvre que c'est moi… Non, impossible. Je ne peux pas le lui dire. Et s'il s'imaginait que j'ai tout manigancé depuis le début pour le séduire ? Ça paraît fou, comme idée, mais on ne sait jamais ! Oh, Maman, j'ai passé tout le trajet du retour à imaginer toutes les différentes réactions qu'il aurait pu avoir en me voyant débarquer…

Abattue, Merry ferma les yeux. Aucun de ces scénarios ne s'était bien terminé.

— Merry, tu sais tout aussi bien que moi que rien ne vaut l'honnêteté. Bien sûr, la vérité lui fera un choc, mais il s'en remettra vite. Et je suis convaincue qu'avec un peu de temps, il finira par accepter qui tu es, tout simplement parce que c'est avec toi qu'il échange depuis des semaines. Le problème, c'est qu'en prenant la fuite, tu l'as privé de cette possibilité.

— Oui, mais… Je ne veux pas prendre le risque. Je te rappelle qu'il est super à cheval sur le règlement. L'entreprise n'interdit pas formellement les relations entre employés, mais elle les voit quand même d'un très mauvais œil.

Et puis, il n'y avait pas que son poste qui était en jeu – après tout, son contrat était presque terminé –, mais surtout son cœur. Elle en pinçait pour Jay, et pas qu'un peu. Mais elle n'arrivait pas à faire coïncider son patron avec Jay. *Son* Jay.

— C'est ton choix, ma chérie, reprit sa mère. Mais Jay – ou Jayson – mérite de connaître la vérité. Tu lui dois au moins une explication pour aujourd'hui.

— Peut-être.

Merry avait encore besoin d'y réfléchir.

— Merry, allons, file donc immédiatement sur l'ordinateur et écris-lui. Il faut que Jay sache que tu vas bien. Explique comme tu le peux. Tu lui dois bien ça.

— OK, c'est bon…

Merry n'avait aucune envie d'envoyer ce message. Pourtant, sa mère avait raison, et Patrick aussi : elle avait manqué de manières. La moindre des choses aurait été de demander à quelqu'un dans le café de transmettre un message à Jay, pour qu'il sache qu'elle annulait leur rendez-vous.

Une fois dans sa chambre, elle s'installa en tailleur sur son lit, adossée au mur. C'était sa position habituelle pour discuter avec Jay, sauf qu'aujourd'hui, elle redoutait leur conversation.

Après une profonde inspiration, elle finit par se connecter à Lucky Wink. Sans surprise, Jay était déjà en ligne. Il lui envoya aussitôt un message.

Qu'est-ce qui s'est passé ? Pourquoi tu n'es pas venue ? Tu vas bien ?

Ça pourrait aller mieux.

Cherchant ses mots, Merry fixa le curseur qui clignotait sur l'écran. Avant qu'elle se remette à taper, un autre message de Jay apparut :

Tu es malade ?

Non. J'étais là.

Tu étais là ?

Oui… et j'ai décidé de ne pas aller te parler.

Le curseur se remit à clignoter furieusement sur l'écran, comme pour lui reprocher son manque d'explications.

Puis-je savoir pourquoi ?

C'est compliqué.

Simplifie.

Manifestement, Jay était en colère. Comment le lui reprocher ?

J'aimerais pouvoir. Je suis désolée
Jay, mais à l'instant où je t'ai vu
j'ai compris que ça ne pourrait
jamais marcher entre nous. Nous
sommes trop différents...

Ne dis pas ça. C'est une excuse.
Un mensonge. On se parle tous
les soirs depuis des semaines et on
a bien vu qu'on est sur la même
longueur d'onde. Il y a une autre
raison, pas vrai ? Quelque chose que
tu ne veux pas me dire.

À quoi bon nier ?

Oui.

Alors, quoi ? Tu me dois bien ça.

Pitié, ne demande pas. Accepte
juste le fait qu'une relation entre

nous serait une mauvaise idée. Il vaut mieux l'accepter maintenant et tourner la page. Je suis sûre que plein d'autres femmes sur Lucky Wink te conviendraient mieux que moi.

Là encore, elle se sentit jugée par le curseur qui clignotait à l'écran.

C'est tout ? Tu es prête à faire une croix sur nous sans même me donner une seule raison ? Pas croyable. Je pensais te connaître après toutes ces soirées à te parler, mais en fait je ne sais pas qui tu es. Ça n'a aucun sens. Je n'arrive pas à croire que tu fasses une chose pareille. Je t'ai apporté des fleurs. Pas une fois dans ma vie je n'avais encore voulu offrir de fleurs à une femme.

Des marguerites jaunes.

Tu as vu le bouquet et tu as quand même refusé de me rencontrer. Ça veut tout dire. J'aurais dû m'en douter. Ça me servira de leçon. Au temps pour moi.

Je suis désolée.

Jay se déconnecta sans répondre.

Après ça, Merry resta un long moment sur son lit sans bouger. Elle se sentait à la fois submergée par les émotions et complètement vide. Une boule s'était formée dans sa gorge.

Les minutes s'écoulèrent, hors du temps, jusqu'au moment où Patrick vint toquer à sa porte.

— Tu peux entrer.

Son frère passa la tête par la porte et l'observa un long moment avant de demander :

— Tu es triste ?

— Oui, répondit-elle d'une petite voix.

« Triste » décrivait bien ce qu'elle éprouvait. « Déçue », « abattue », « bouleversée » convenaient aussi.

Merry rabattit l'ordinateur portable et le mit de côté, puis elle tapota le bord de son lit pour inviter son frère à la rejoindre. Patrick ne se fit pas prier pour venir la câliner.

— Moi aussi, je suis triste, dit-il. Je l'aimais bien, Jay. Il était gentil.

— C'est vrai. Mais parfois, les gens ne sont pas faits l'un pour l'autre, et j'ai tout de suite vu que je ne suis pas celle qu'il faut pour Jay.

— C'est pour ça que tu es triste ?

— Oui, très triste.

Patrick poussa un profond soupir.

— Est-ce que tu vas chercher un autre petit copain sur le site ?

— Peut-être.

Son frère garda le silence quelques instants avant de rétorquer :

— Maman dit ça quand elle pense « non » mais qu'elle ne veut pas dire « non ».

La remarque arracha un sourire à Merry. Elle oubliait parfois que son frère était plus intelligent qu'on ne le pensait. Elle n'avait ni la force ni l'envie de commencer une relation en ligne avec qui que ce soit d'autre.

— Je jetterai peut-être un œil aux autres profils un jour. Mais pas avant un bon moment.

— Tu voudras bien que je t'aide à choisir ?

— Bien sûr, dit Merry en plantant un baiser sur la tempe de son frère.

Peut-être changerait-elle d'avis plus tard – après tout, Patrick et leur mère l'avaient inscrite pour six mois. Mais pour l'instant, son cœur lui criait de ne plus jamais revenir sur ce site.

Lundi matin, les deux collègues de Merry se jetèrent sur elle dès qu'elle arriva au bureau.

— Alors ? demanda Kylie, le regard pétillant. Comment s'est passée ta rencontre avec le prince charmant ?

Même si Merry détestait mentir à ses amies, elle avait décidé, après mûre réflexion, qu'il valait mieux leur cacher la véritable identité de Jay.

La voyant prendre le temps de retirer son manteau et de ranger son sac à main pour trouver les mots justes, Lauren en tira sa propre conclusion.

— J'avais raison, pas vrai ? C'est un vieux pervers.

— Non, répondit enfin Merry, il n'est ni vieux ni pervers.

— Alors, qu'est-ce qui s'est passé ?

— Ça n'a pas collé.

Lauren croisa les bras d'un petit air supérieur.

— Je te l'avais bien dit. Ces trucs de rencontres sur Internet, c'est du flan.

— Ne recommence pas, râla Kylie avant de tourner un regard compatissant vers Merry. Pourquoi est-ce que ça n'a pas marché ?

Merry haussa les épaules.

— Il n'était pas ce à quoi je m'étais attendue, voilà tout.

— Tu t'étais attendue à quoi ? plaisanta Kylie. Un prince saoudien ?

Ça arracha un sourire amer à Merry.

— Peut-être, dans un sens. En tout cas, il n'a rien d'un prince charmant.

— Je te l'avais bien dit.

— Lauren ! s'énerva Kylie. Ça suffit !

Elle reporta son attention sur Merry.

— Tu dois être déçue, hein ?

— Terriblement.

Elle n'exagérait pas. Aucun mot ne pouvait définir l'ampleur de sa déception.

Merry étouffa un bâillement. Elle avait passé la nuit à se retourner dans son lit. Le peu de sommeil qu'elle avait trouvé avait été peuplé de cauchemars dans lesquels elle faisait face à un Jayson Bright atterré.

Et c'était bien le cœur du problème. Jay lui plaisait. Elle avait des sentiments pour Jay. Mais pour Jayson ? Absolument pas. Et pourtant, même si elle avait encore du mal à le réaliser, ils ne formaient qu'une seule et même personne.

Sans surprise, Merry peina à se concentrer sur son travail. Elle réussit néanmoins, par miracle, à tenir jusqu'au bout de la journée sans incident. Mais alors qu'elle se dirigeait vers la sortie, le hasard fit que Jayson Bright se trouvait justement devant l'ascenseur. Elle se figea, soulagée que, le dos tourné, il n'ait pas remarqué sa présence. Il s'apprêtait à entrer dans la cabine lorsqu'une employée d'un autre service, qui se pressait dans le couloir les bras chargés de dossiers, le bouscula par accident. Merry retint son souffle, redoutant la réaction de leur patron. Loin de s'énerver, il retint l'employée par les épaules pour l'empêcher de perdre l'équilibre, puis l'aida à ramasser les papiers qui s'étaient éparpillés autour d'eux.

Quand Jayson finit par entrer dans l'ascenseur, Merry nota que, contrairement à son habitude, il se tenait le dos voûté, l'air triste, abattu. Ce qui n'avait rien d'étonnant…

Les portes de la cabine se refermèrent sur lui, mais Merry resta immobile, assaillie par le doute et le désespoir.

Avait-elle pris la bonne décision ?

Était-ce vraiment ce qu'elle désirait ?

La soirée promettait d'être dure…

8

Jayson

Jayson passa les jours qui suivirent son dernier échange avec Merry rongé par la colère. Il s'en voulait de s'être inscrit sur ce site de malheur. Et il en voulait à Merry d'avoir abusé de sa confiance. Quelle idiotie de s'être imaginé avec une femme qu'il n'avait jamais rencontrée ! Plus jamais il ne commettrait pareille erreur.

Mais à mesure que la semaine avançait, sa colère se mua peu à peu en un mélange de désespoir et de frustration. Il avait besoin d'une explication. D'une vraie raison. Quelque chose qui lui permettrait de tourner la page. Ou au moins de comprendre. Il ne supportait pas d'ignorer ce qui avait tant rebuté Merry chez lui. Pourquoi avait-elle décidé de faire une croix sur lui rien qu'en l'apercevant de loin ? Pas une heure ne passait sans que cette question ne revienne le hanter. Se pouvait-il que Merry soit une femme avec qui il avait eu une aventure ? Ou peut-être la sœur ou la cousine d'une ex-petite amie ? Tout était possible.

Jeudi soir, n'y tenant plus, il se connecta à Lucky Wink pour voir si Merry lui avait laissé un message.

La première chose qu'il vit dans ses notifications, c'était quelques nouveaux winks reçus depuis dimanche. Il s'en moquait pas mal. La seule femme qu'il voulait, c'était Merry.

C'est alors qu'il remarqua qu'un message l'attendait. Un message de Merry.

Le cœur s'emballant dans sa poitrine, il se frotta les yeux pour s'assurer qu'il ne rêvait pas. Non, le message était bien là.

D'une main un peu tremblante, Jayson cliqua… et déchanta aussitôt.

C'était Patrick qui lui avait écrit.

Ma sœur est triste. Elle t'aime
vraiment bien.

Interdit, Jayson hésita à ignorer le message. Puis, sur un coup de tête, il décida de répondre.

C'est elle qui n'a pas voulu me
rencontrer, Patrick. Alors que moi,
j'en mourais d'envie. Est-ce qu'on
peut se parler dans une heure ?
Juste toi et moi.

Rien ne garantissait que Patrick verrait le message, mais ça valait le coup d'essayer. Le frère de Merry pourrait peut-être l'aider à comprendre ce qui s'était passé. Voire l'aider à la retrouver pour pouvoir la mettre au pied du mur.

Par chance, Patrick devait être devant l'ordinateur, car il répondit presque instantanément.

Dans une heure, je vais faire mes devoirs.

Est-ce qu'on peut se parler maintenant, alors ?

OK, mais pas trop longtemps, sinon je vais être en retard pour mes devoirs.

Super. J'aime vraiment bien ta sœur, moi aussi, tu sais.

Elle ne devrait pas être triste, c'est bientôt Noël.

C'est vrai. J'aimerais pouvoir lui redonner le sourire.

Riri est jolie, mais elle n'a pas souvent de petit copain.

Très vite, Patrick ajouta :

Ne lui dis pas que je t'ai parlé parce qu'elle ne va pas être contente.

Je ne dirai pas un mot.

Promis ?

Promis juré.

Jayson se redressa sur son siège. Il était temps de passer aux choses sérieuses.

Est-ce que tu peux me dire comment ta sœur s'appelle en vrai ?

La réponse de Patrick mit presque une minute à arriver.

Tu fais une blague ? Elle s'appelle Merry. Tu le sais.

Jayson fronça les sourcils. Ce n'était donc pas un pseudo ?

C'est son vrai prénom ?

Oui. Son deuxième prénom, c'est Noelle, mais on ne l'appelle jamais comme ça.

OK.

Intéressant. Peut-être fallait-il tenter une autre approche.

Quel est ton nom, Patrick ?

Bah c'est Patrick, pardi !

Je voulais dire nom de famille.
Quel est ton nom de famille ?

C'est une interro ? Je ne suis pas très bon en interro.

Non, ne t'inquiète pas.

Je sais alors. Mais je n'ai pas le droit de le dire aux inconnus.

Jayson poussa un grognement. C'était bien sa veine que Patrick soit du genre à respecter religieusement les consignes de ses parents.

Où est-ce que Merry travaille ?

Dans le centre.

Il grogna de nouveau. Apparemment, soutirer des informations à Patrick allait être plus difficile qu'il ne l'avait espéré.

Est-ce que tu connais le nom de l'entreprise où elle travaille ?

Oui. Mais je dois réfléchir.

Patrick tardant à répondre, Jayson perdit patience.

Allez, réfléchis.

Après ce qui lui parut durer un mois, la réponse arriva enfin.

Je n'arrivais pas à me rappeler alors je lui ai demandé, mais elle a dit qu'elle n'a pas envie de penser au travail quand elle est à la maison. T'en fais pas, je ne lui ai pas dit que je te parle.

C'est bien.

Bon, autant être honnête.

Je te demande tout ça parce que je veux trouver Merry pour lui parler en vrai.

Je sais qu'elle prend le bus 18 pour aller au travail. Des fois je l'attends à l'arrêt quand elle revient, mais juste en été parce qu'en hiver il fait noir.

C'est gentil de faire ça.

Oui elle est contente quand on rentre à deux. Bon je dois partir. Maman m'appelle.

Merci pour ton aide, Patrick.

J'ai bien réussi l'interro, hein ?

Oui, très bien. À la prochaine.

Jayson soupira. Il n'avait pas appris grand-chose, mais c'était toujours mieux que rien.

Il s'apprêtait à fermer Lucky Wink quand un nouveau message apparut. De Merry, cette fois.

Essaierais-tu de soutirer des informations sur moi à mon frère ?

Aïe. À quoi bon nier ? Il avait été pris la main dans le sac.

Oui.

Ne recommence pas. S'il te plaît.
Ce n'est pas juste de te servir de lui
pour arriver à tes fins.

Peut-être bien.

Tu n'as pas honte ?

Je ne veux pas renoncer à nous deux, Merry. D'ailleurs, il dit que c'est ton vrai prénom.

C'est le cas.

Et Smith, c'est ton vrai nom de famille ?

Ça, je n'y répondrai pas.

Je m'en doutais. En tout cas, mon petit doigt me dit que tu es née en décembre, Merry Noelle Smith.

Je ne répondrai pas à ça non plus.

Jayson esquissa un sourire. Même si Merry refusait de répondre à ses questions, elle lui parlait. C'était tout ce qui comptait.

Tu me manques. Je refuse de croire que nos conversations ne te manquent pas à toi aussi. Sois honnête, Merry. Tu me dois bien ça.

OK, si tu tiens à le savoir... Oui,
tu me manques aussi.

Alors dis-moi ce qui t'a tant déplu
chez moi, au point de refuser de
me rencontrer.

Pendant de longues, très longues secondes, Jayson ne put que fixer le curseur qui clignotait à l'écran en attendant la réponse de Merry.

Je te connais.

Décontenancé, Jayson changea de position sur son siège.

Tu me connais ? Comment ça ?

Il faut que j'y aille. Tout ce que je
te demande, c'est de ne plus embêter
mon frère.

Ne pars pas.

Ravalant sa fierté, il ajouta :

Je t'en prie.

Il retint son souffle, attendant de voir si Merry allait se déconnecter. Mais elle resta en ligne, ce qui le fit soupirer de soulagement.

Si on s'est déjà rencontré, est-ce que
je me suis mal comporté avec toi ?

Je fais partie de ces petites gens que tu ignores volontairement. C'est tout ce que j'accepte de te dire. Dès que j'ai vu qui tu étais, j'ai compris que l'homme que j'ai appris à connaître sur Internet était à mille lieues de celui que j'ai déjà rencontré. Je n'arrive pas à concilier les deux personnes.

Jayson ne savait que répondre.

Je reconnais qu'il m'arrive d'être bourru et impatient. J'essaie de m'améliorer sur ce point.

Tu n'as pas l'air d'essayer très fort.

La franchise de Merry le fit sourire. Elle ne mâchait pas ses mots.

Est-ce que tu veux bien qu'on tchatte une autre fois ?

La réponse se fit attendre. Mais Jayson s'efforça de faire preuve de patience.

Je ne crois pas que ça soit une bonne idée.

Hors de question d'accepter ça.

Demain soir, 21 heures.

Il se déconnecta sans lui laisser le temps de répondre. La balle était dans le camp de Merry.

C'est vendredi en fin d'après-midi que Jayson reçut, après des semaines d'attente, les éléments d'information qui lui manquaient pour finaliser le rapport Boeing. Il ne voulait pas attendre lundi pour s'atteler à la tâche. Noël était presque là et il espérait que rendre le rapport avant la date butoir servirait les intérêts de Matterson Consulting. Sans compter que passer le week-end à travailler lui éviterait de ne penser qu'à Merry.

Il n'avait toujours aucune idée de qui elle pouvait bien être. Tout ce qu'il savait pour le moment, c'était que Merry était son vrai prénom, qu'elle était née en décembre, qu'elle prenait le bus 18 pour se rendre à son travail dans le centre-ville, et surtout qu'elle prétendait appartenir « aux petites gens ». Qu'entendait-elle par là, exactement ?

Sa femme de ménage était assez âgée, donc ça ne pouvait pas être elle. Une serveuse, peut-être ? Pourvu que ça ne soit pas la barista qui préparait souvent son café du matin, elle ne semblait pas très futée… Ou peut-être une employée de Cyrus au *Deli* ? Ce n'était pas impossible. Il y passait plusieurs fois par semaine, mais ne prêtait jamais vraiment attention au personnel, ce qui expliquerait pourquoi Merry se sentait ignorée. Ou alors, se pouvait-il qu'elle soit une réceptionniste, au bureau ? Il ne voyait pas qui pourrait correspondre.

Jayson secoua la tête pour sortir de ses ruminations. La facilité avec laquelle il se laissait distraire par Merry prouvait bien qu'il ferait mieux de passer son week-end à relire et fignoler le rapport Boeing. Mais pour ça, il fallait d'abord informatiser les nouvelles données. Le problème, c'était que la journée de travail touchait à sa fin et que les heures supplémentaires n'étaient pas obligatoires le vendredi.

Sans perdre une seconde, il se rendit donc au service de saisie de données, où il trouva les trois employées concentrées sur leur tâche. Mary fut la première à remarquer sa présence. Elle leva la tête et se figea, l'air choqué de le voir. Il était vrai qu'ils avaient eu quelques légers différends, ce que Jayson regrettait. Récemment, il avait appelé les ressources humaines pour en savoir plus sur elle ; il avait appris qu'elle remplaçait la responsable du service qui avait pris un congé maternité de douze mois à cause de la naissance de ses jumeaux. Apparemment, Mary faisait un travail fantastique, mais son contrat s'achèverait au Jour de l'an, veille du retour de l'employée qu'elle remplaçait.

Comme Mary s'était arrêtée de pianoter sur son clavier, les deux autres femmes ne tardèrent pas à lever la tête à leur tour. Elles fixèrent toutes trois Jayson, attendant manifestement qu'il prenne la parole.

— J'ai besoin que l'une de vous reste ce soir, annonça-t-il. Pour deux ou trois heures.

Puis, se rappelant qu'il s'était promis de se montrer plus patient et moins désagréable, il ajouta :

— Mary, en tant que responsable du service, j'aimerais que vous décidiez qui va rester.

La plus âgée des trois – Lauren, d'après la plaque sur son bureau – se tourna aussitôt vers Mary.

— Désolée, je ne peux pas. Je dois aller récupérer ma famille à l'aéroport. Ils viennent du Kansas pour passer les fêtes chez moi.

— Moi non plus, renchérit sa collègue plus jeune, l'air sincèrement désolé. Ce soir, c'est le spectacle de Noël de l'école de Billy. Je ne peux pas rater ça. Il va jouer du tambour.

Mary se tourna vers Jayson avec un soupir.

— On dirait bien qu'il ne reste plus que moi.

— Est-ce que ça pose un problème ?

— Eh bien, on est vendredi soir et…

— Écoutez, je me doute que ça va sûrement gâcher votre rendez-vous galant, s'impatienta-t-il.

Il pinça les lèvres, regrettant aussitôt son ton sec. Il inspira à fond avant de reprendre, plus aimable :

— Mais j'apprécierais grandement votre aide.

— Je vais avoir besoin de passer un coup de fil.

Il nota que Merry ne l'avait pas corrigé. Elle avait donc bien un rencard ce soir.

— Merci. Je vais préparer le nécessaire dans mon bureau. Je reviens tout de suite.

Le temps de faire l'aller-retour, dix-sept heures avaient sonné et la majorité des employés avait déserté l'étage, y compris les deux collègues de Mary. Il lui tendit le rapport.

— Je tiens à ce que vous sachiez que je suis reconnaissant de vos efforts.

Elle lui offrit un petit sourire qui fit naître une fossette au coin droit de sa bouche. Ce n'était pas la première fois qu'il la remarquait. Cette fossette avait quelque chose d'hypnotisant.

Mary se rendit compte qu'il la regardait avec insistance et il détourna précipitamment les yeux. Pour cacher son embarras, Jayson tira une chaise jusqu'au bureau de Mary et, prenant place à côté d'elle, il posa devant eux un épais tas de feuilles où figuraient les statistiques dont ils avaient besoin.

9

Merry

Travailler aux côtés de Jayson relevait de la torture pour Merry. Ils se tenaient trop près l'un de l'autre. Si près que, pour la toute première fois, elle remarqua que son patron portait de l'eau de Cologne. L'odeur épicée enivrait ses sens et l'empêchait de se concentrer pleinement sur sa tâche.

Au bout d'une heure et demie à saisir les données que son patron lui lisait, ils n'avaient achevé que la moitié du travail. Merry avait grand besoin d'une pause. À cause de leur proximité, elle commettait de plus en plus d'erreurs d'inattention, ce qui ne lui arrivait pourtant jamais.

Lorsque Jayson s'arrêta de lire le temps de changer de dossier, elle en profita pour se masser la nuque. Il s'en rendit compte et reposa le tas de feuilles.

— Prenons dix minutes de pause.

— Bonne idée.

Merry se leva de son siège pour s'étirer. Puis, déterminée à s'éloigner de Jayson pour son propre bien, elle marmonna une excuse et se réfugia aux toilettes. Mais lorsqu'elle retourna à son bureau à la fin de la pause, son patron avait disparu.

Où était-il passé ? Était-il reparti chez lui sans prévenir ? Avait-il décidé qu'elle pourrait terminer seule ?

Cette idée aurait dû l'irriter, et pourtant Merry n'éprouva que de la déception. Elle en vint même à regretter d'avoir tant voulu lui échapper.

Sans enthousiasme, elle se remit au travail. *Bon, quand il faut y aller…*

Jetant un œil à l'open space désert, elle remarqua que tout était éteint autour de son bureau et sentit son ventre se nouer. Bizarre, l'endroit ne lui avait pas paru si lugubre quand Jayson s'était trouvé à ses côtés…

En fait, ces quatre-vingt-dix minutes passées seule avec lui avaient fait voir son patron sous un jour nouveau. Il s'était montré patient avec elle, même quand elle s'était plus d'une fois emmêlé les pinceaux dans les chiffres à saisir. Par chance, il avait vite remarqué ses erreurs, mais avait gardé son calme. Et puis, dès qu'il l'avait vue se masser la nuque, il avait tout de suite compris qu'elle avait besoin de souffler un peu.

Mais pourquoi était-il parti si soudainement ? Avait-il voulu rentrer chez lui à cause de leur rendez-vous en ligne ? Ce n'était pourtant qu'à vingt et une heures, soit dans plus de deux heures.

Merry poussa un profond soupir. Dire que Jayson avait présumé qu'elle avait dû annuler un rendez-vous galant sans se douter, bien sûr, que c'était en fait avec lui qu'elle avait rendez-vous... Quelle ironie !

Elle n'avait pas confirmé à Jay qu'elle tchatterait avec lui ce soir – il s'était déconnecté avant qu'elle ait pu répondre quoi que ce soit ! –, mais après de longues tergiversations, elle avait finalement décidé d'accepter. Si, sur le coup, elle s'en était voulu de céder à la tentation, elle n'était plus si sûre que ce soit une mauvaise idée de donner une seconde chance à Jayson. L'homme avec qui elle avait travaillé ce soir ressemblait bien plus à son Jay qu'au patron intransigeant et mal embouché auquel elle était habituée.

Un problème persistait : comment allait-elle lui annoncer qui elle était réellement ? Elle n'en avait pas la moindre idée. Mais de toute façon, il était encore trop tôt pour prendre cette décision. Elle avouerait la vérité à Jay si, et seulement si, elle estimait que leur relation avait une chance de fonctionner.

Malgré tout, Merry avait envie d'y croire. Ces derniers jours, ses échanges avec Jay lui avaient cruellement manqué. La semaine lui avait paru terriblement longue, sans saveur. Elle n'avait même pas réussi à cacher son désarroi à la maison, si bien que Patrick avait décidé de contacter Jay sans son accord.

La veille, lorsqu'elle avait surpris son frère devant l'ordinateur et qu'elle avait vu son air coupable, elle avait tout de suite compris ce qu'il manigançait.

Patrick était un vrai livre ouvert. D'ailleurs, il avait aussitôt avoué, rouge comme une pivoine, qu'il était en train de tchatter avec Jay.

— Mais pourquoi ? lui avait-elle demandé.

— Tu es tout le temps triste, et je sais que Jay est triste aussi, alors je devais lui dire.

Merry n'avait pas eu le cœur de gronder son frère. Et de toute façon, ce n'était pas lui qui l'avait mise en colère, mais Jay. Quand elle avait vu qu'il se trouvait toujours en ligne, elle s'était mise à taper rageusement au clavier.

Sa colère n'avait pas duré bien longtemps. Jay avait avoué qu'elle lui avait manqué, et elle n'avait pas pu nier que le sentiment était réciproque…

Et puis, il l'avait suppliée de ne pas partir. Son « je t'en prie » avait convaincu Merry de rester en ligne – même si, pour être honnête, elle en mourait déjà d'envie.

Elle avait passé le reste de la soirée rongée par le doute. D'un côté, elle ne demandait rien de mieux que poursuivre sa relation avec Jay. Mais de l'autre, une relation entre son patron et elle avait-elle la moindre chance de fonctionner ? Elle était complètement perdue…

Des bruits de pas tirèrent soudain Merry de ses pensées. Elle se redressa d'un bond, sur le qui-vive. Elle n'était donc pas seule au bureau ?

Une silhouette apparut au bout du couloir et elle comprit vite avec soulagement qu'il s'agissait de Jayson.

Il était revenu.

Avec deux gobelets dans les mains. Il en posa un sur le bureau de Merry, qui bredouilla la première chose qui lui passa par la tête.

— Je ne savais pas où vous étiez…

Elle se mordit aussitôt les lèvres. Quelle réflexion idiote !

Jayson parut surpris qu'elle se soit inquiétée de son départ.

— J'aurais probablement dû vous laisser un mot.

— C'est lugubre ici, toute seule…

C'était une excuse moins pathétique que d'avouer qu'elle s'était sentie désœuvrée en son absence.

— Pardon, Mary, c'était inconsidéré de ma part. Je pensais revenir plus vite, mais il y avait un monde fou au Starbucks. Apparemment, il se passe quelque chose dans le centre-ville ce soir. J'ai entendu plusieurs personnes mentionner une chanson qui parle de pudding ? Je n'ai pas très bien compris, je vous avoue…

Jayson esquissa un sourire qui fit fondre le cœur de Merry.

— Ah ! Il y a un concours de chorales. L'occasion de collecter des fonds pour les banques alimentaires de la région.

— Voilà qui explique tout. Je vous ai pris un *latte* au lait de poule, ajouta-t-il en indiquant le gobelet sur le bureau. Je me suis dit que vous aviez peut-être besoin d'un petit coup de fouet.

Merry le considéra avec stupeur. Quelle délicate attention !

— Oh… Merci.

— J'espère que vous aimez le lait de poule.

— Oui, beaucoup.

C'était même ce qu'elle préférait boire en période de fêtes.

Il lui offrit un autre sourire qui coupa le souffle de Merry. C'était fou comme un simple sourire transformait entièrement le visage de Jayson Bright…

Puis leurs regards se croisèrent. La lueur dans les yeux de Jayson troubla tant Merry qu'elle détourna la tête. Craignant de trahir ses sentiments et son identité, elle but une gorgée de son *latte* pour se donner une contenance. Délicieux.

— Vous aimez Noël, n'est-ce pas ? lui demanda Jayson.

— C'est la période de l'année que je préfère.

Après des semaines d'échanges en ligne, Merry savait que Jayson avait eu une enfance malheureuse sur le plan affectif. Il lui avait parlé du divorce de ses parents et de leurs remariages respectifs ratés, ainsi que de sa vie dans les pensionnats de la côte est du pays. Il n'avait jamais vraiment connu l'amour d'une famille.

Elle était d'ailleurs convaincue que si Jayson était aussi attiré par elle – la Merry d'Internet –, c'était en partie parce qu'elle venait d'une famille soudée et aimante. Il était évident qu'il avait envie de connaître cette chaleur, cette affection. Pour quelqu'un comme lui, les histoires qu'elle avait partagées – la décoration du sapin, la préparation des biscuits, l'envoi des cartes de Noël – avaient été comme une drogue.

En mettant fin à leur relation, en soutenant qu'il n'y avait aucun espoir pour eux deux, Merry le privait aussi de cette chaleur familiale. Pas étonnant qu'il ait ravalé sa fierté pour la supplier de poursuivre leur relation en ligne.

Jayson s'éclaircit tout à coup la gorge.

— Vous me regardez avec insistance.

— Oh ! Désolée, marmonna-t-elle en détournant les yeux.

Elle ne s'était même pas rendu compte qu'elle le fixait. Elle éprouva alors le besoin de se justifier.

— C'est juste que… je ne m'attendais pas à ce que vous me rapportiez un *latte*. Combien je vous dois ?

— Rien du tout, Mary. C'est moi qui vous suis redevable pour ce soir.

Oui, le rapport. Plus vite ils s'y remettraient, plus tôt ils finiraient.

Écartant sa boisson, Merry se prépara à taper de nouveau.

— J'ai un peu continué en votre absence, mais ça ira plus vite à deux.

Jayson hocha la tête sans un mot et reprit place à ses côtés. Il était temps de se remettre au travail.

Il était presque vingt heures quand ils terminèrent.

— Je n'aurais pas pu y arriver sans vous, Mary. Merci d'avoir donné de votre temps.

— Je suis contente d'avoir pu vous aider, répondit Merry en toute honnêteté.

Néanmoins, elle s'empressa de se lever et mettre son manteau. Il fallait qu'elle se dépêche si elle voulait prendre le bus de 20 h 15, ou bien elle allait être en retard pour tchatter avec… Jayson.

Mais alors qu'elle s'apprêtait à récupérer son sac à main sous le bureau, elle remarqua que son patron était toujours assis, les yeux rivés sur le rapport.

— Vous ne partez pas ? s'étonna-t-elle.

— Si, il faut que je rentre. Donnez-moi une minute et je vous raccompagne jusqu'à la sortie.

— Oh.

Stupéfaite, Merry le regarda partir en direction de son propre bureau. Décidément, elle ne reconnaissait plus Jayson Bright, ce soir. Elle avait l'impression que les deux Jay commençaient à se rejoindre dans son esprit. Mais était-ce vraiment une bonne chose ? Ça risquait de beaucoup compliquer les choses, pour elle. Comment allait-elle pouvoir garder sa véritable identité secrète dans ces conditions ?

Une fois dans l'ascenseur quelques minutes plus tard, Jayson lança à brûle-pourpoint :

— Avez-vous déjà remarqué que l'intérieur de la cabine se reflète un peu dans les portes ?

Quelle étrange question.

— Je n'y ai jamais vraiment prêté attention, non. Pourquoi ?

Au sourire en coin qu'il arbora, elle comprit avec horreur où il voulait en venir.

— Si vous comptez faire des grimaces dans le dos de quelqu'un, Mary, vous devriez d'abord vous assurer qu'on ne peut pas voir votre reflet.

Merry rougit de honte.

— Je n'en reviens pas que vous ne m'ayez pas immédiatement virée, ce jour-là, dit-elle d'une petite voix.

— Cette idée ne m'a même pas traversé l'esprit.

— Je suis désolée. Ce n'était pas professionnel de ma part.

— Ne vous inquiétez pas. Ça m'a plus amusé qu'autre chose.

Ils ne prononcèrent plus un mot jusqu'à ce qu'ils sortent de l'ascenseur.

— L'homme que vous deviez voir ce soir… reprit Jayson d'un ton hésitant. Vous a-t-il reproché d'avoir dû annuler votre rendez-vous ?

— Non, non. De toute façon, nous avions convenu d'une heure tardive.

Il consulta sa montre.

— À quelle heure passe-t-il vous prendre ?

Le pauvre, songea Merry. Jayson était loin de se douter que son rendez-vous allait se passer derrière un écran… *avec lui.*

— Vingt et une heures.

D'ailleurs, son bus allait bientôt passer !

Bredouillant un au revoir à la sortie du bâtiment, elle se pressa en direction de l'arrêt, un peu plus loin dans l'avenue. Mais alors qu'elle avançait dans le froid sous les arbres ornés d'illuminations, elle fut surprise de voir Jayson la rattraper.

— Vous n'avez pas de voiture ? lui demanda-t-il.

— Je prends le bus.

— Dans ce cas, je vais vous reconduire chez vous.

Elle lui lança un regard étonné. Ça alors, elle n'aurait jamais imaginé entendre ça de la bouche de son patron ! L'offre était d'autant plus surprenante que faire un détour par chez elle le mettrait forcément en retard pour leur rendez-vous, puisque rouler dans Seattle n'était jamais facile, surtout le vendredi soir.

D'ailleurs, Jayson dut s'en rendre compte, parce qu'il jeta un œil à sa montre.

— C'est gentil de proposer, dit Merry, mais ce n'est pas la peine.

— Je ne veux pas que vous soyez en retard à votre rendez-vous par ma faute.

— Je serai à l'heure. Ce sera plus rapide en bus, je vous assure.

Il parut hésiter. Elle avait presque envie de lui reprocher, pour rire, qu'il soit prêt à renoncer si facilement à leur rendez-vous.

— Bon, si vous insistez, finit-il par céder.

Jayson la raccompagna donc jusqu'à l'arrêt de bus, puis leurs chemins se séparèrent.

Merry se connecta au tchat à vingt et une heures précises. Jay ne tarda pas à la rejoindre.

Merry ? C'est toi ? Ou bien Patrick ?

D'abord déconcertée par la question, elle se rappela qu'elle n'avait pas confirmé sa présence.

C'est moi, Merry.

J'ai un sourire jusqu'aux oreilles, je ne te raconte pas. Je n'étais pas sûr que tu accepterais de me parler.

Honnêtement, la tentation était trop forte.

Je veux que tu saches que j'ai beaucoup réfléchi à ce que tu m'as dit. Tu as raison. Je suis arrogant et imbuvable. Mais j'essaie de m'améliorer. Je suis prêt à changer si ça veut dire que j'ai une chance avec toi.

Merry avait déjà été témoin de ses efforts. Mais bien sûr, elle ne pouvait le lui révéler.

Ce soir, je me suis coupé en quatre pour être gentil avec quelqu'un du bureau.

Une femme ? Est-ce que je devrais être jalouse ?

Peut-être.

Elle pouffa de rire. La situation était pour le moins cocasse.

Tu as intérêt à t'expliquer.

Elle a accepté de rester travailler tard alors qu'elle était censée partir tôt.

J'espère que ses heures sup sont payées double.

C'est une intérimaire, mais je veillerai à ce que ses efforts soient récompensés, oui. Et après, je lui ai proposé de la reconduire chez elle.

Merry esquissa un sourire. Voilà l'occasion rêvée de découvrir ce que Jayson pensait d'elle. Si jamais elle décidait un jour de lui révéler son identité, il lui reprocherait sans doute son approche sournoise, mais tant pis.

Est-ce qu'elle est jeune ?
Célibataire ?

Oui aux deux.

Hmm, intéressant.

Jolie ?

Raisonnablement.

Raisonnablement ! Quel toupet !

Vexée, Merry commença à taper une réplique bien sentie. Heureusement, elle eut la présence d'esprit d'effacer son message avant de se trahir bêtement.

Tu en mets du temps, pour répondre. Tu es jalouse, pas vrai ?

Bon, autant continuer de se prêter au jeu.

Un peu.

Inutile. Tu es la seule à occuper mes pensées. Et puis, elle fréquente quelqu'un. Elle était pressée de rentrer pour un rencard. C'est toi,

Merry. Toi. C'est toi qui as planté tes griffes dans mon cœur.

Ça a l'air douloureux, comme image.

Ça l'est. Si tu savais… Dis-moi que tu as envie de me rencontrer. Oublions toute cette histoire ridicule.

C'était tentant. *Très* tentant.

Pas encore.

Quand, alors ?

Je ne sais pas. Quand le moment sera venu.

Il ne répondit pas tout de suite. Sa frustration était presque palpable dans le curseur qui clignotait à l'écran.

Pourtant, il écrivit avec calme.

Très bien. Je te prouverai que je peux faire preuve de patience. Je suis déjà heureux que tu acceptes de me parler de nouveau.

Après ça, ils continuèrent de tchatter pendant plus de deux heures, comme avant. Merry ne vit pas le temps passer. Elle se sentait si bien, si heureuse, qu'elle se demanda si elle trouverait jamais la force de faire une croix sur Jay.

Discuter à travers un écran, ça ne me suffit plus. J'ai envie d'apprendre à connaître la Merry en chair et en os. Change d'avis, je t'en prie.

Merry se mordilla les lèvres. Ce « Je t'en prie » la touchait en plein cœur à chaque fois. Ces quelques mots lui prouvaient qu'elle était aussi importante pour Jay qu'il l'était pour elle. Jamais elle ne pourrait renoncer à leur relation.

D'accord, je me rends. On se rencontrera avant la fin de l'année.

Promis ?

Promis.

Merry ne savait pas comment Jay réagirait le moment venu. Mais une chose était sûre : si jamais il lui brisait le cœur, elle ne s'en remettrait pas. Car, ce cœur, il le tenait déjà dans ses mains.

10

Jayson

Lundi matin, la fatigue de Jayson n'avait d'égale que son euphorie. Il avait passé le week-end à terminer le rapport et il ne lui restait plus qu'à le faire valider par son oncle avant de le remettre à la direction de Boeing. Il n'était pas peu fier de la tâche accomplie. Tous ces mois de travail acharné allaient porter leurs fruits, il en était convaincu. L'entreprise allait faire des économies, tout en évitant les licenciements. Quel bonheur de savoir qu'il était capable d'offrir une solution viable à leurs besoins actuels.

Jayson s'était tout de même accordé quelques pauses pendant le week-end pour tchatter avec Merry. À vrai dire, passer du temps avec elle, même à travers un écran, avait un effet aussi relaxant et revigorant qu'une promenade estivale. Après leurs discussions, il se sentait de nouveau frais et dispos pour reprendre le travail avec plus d'efficacité. Il n'aurait pas su dire ce qui l'inspirait tant chez cette femme. En tout cas, elle avait une influence majeure sur son humeur, c'était indéniable.

Il n'était pourtant pas du genre à se laisser dominer par ses états d'âme. Depuis tout petit, il avait appris à réprimer et à cacher ses émotions, et les sentiments le mettaient toujours mal à l'aise. Mais Merry avait le don de le transformer en vrai livre ouvert. Notamment parce que l'anonymité de l'écran d'ordinateur lui permettait de baisser sa garde.

Une fois arrivé au bureau, le premier réflexe de Jayson fut de jeter un œil au service de saisie de données. Puisque Mary était déjà là, il décida d'aller la remercier pour son aide précieuse.

Vendredi soir, Merry avait voulu savoir ce qu'il pensait de Mary et il s'était amusé à la rendre un peu jalouse. Mais force lui était de reconnaître qu'il y avait bien un fond de vérité. Malgré la complexité des sentiments qu'il éprouvait pour Merry, l'employée ne le laissait pas indifférent. Il s'était surpris plus d'une fois au cours du week-end à penser à elle et il avait dû la chasser de force de son esprit, sans s'expliquer vraiment cet intérêt soudain pour la jeune femme. Peut-être était-ce une simple réaction à l'attitude cachottière et méfiante de Merry, ces derniers temps…

Mary sourit dès qu'elle remarqua la présence de Jayson. Cette amabilité soudaine le déstabilisa : elle l'avait habitué à des visages fermés et des sourcils froncés, voire des grimaces. Et puis, elle avait un sourire charmant…

Cette pensée l'inquiéta – serait-il en train de flirter ?

— Bonjour ! lui lança Mary de bonne humeur.

— Bonjour.

— Avez-vous terminé le rapport ?

La question le surprit. Lui avait-il mentionné qu'il comptait passer son week-end à travailler ? Apparemment.

— Oui. Et je n'y serais pas parvenu si vous n'étiez pas restée vendredi soir. Je vous suis très reconnaissant de votre aide.

— Je suis contente d'avoir pu me rendre utile, monsieur Bright.

— Allons, ne soyez pas si formelle. Vous pouvez m'appeler Jayson.

— Est-ce autorisé par le guide des employés ? le taquina-t-elle, le regard pétillant de malice.

Il ne put retenir un petit rire.

— On peut bien faire une exception de temps en temps.

— C'est bon à savoir.

C'est avec le sourire aux lèvres que Jayson l'abandonna pour rejoindre son bureau. Cela lui valut plus d'un regard appuyé dans les couloirs.

Mary l'amusait. C'était intéressant de voir comme quelques heures passées à travailler ensemble avaient amélioré leurs rapports. Il ne saurait pas vraiment expliquer ce changement. En tout cas, il était plus que bienvenu.

Le retour de son oncle sur le rapport n'arriva que le mercredi matin. Ce dernier le félicita de son travail, et en particulier d'avoir terminé plus tôt que prévu. Jayson ne bouda pas les compliments. Il était avant tout heureux d'avoir eu l'opportunité de faire ses preuves, et reconnaissant de la confiance que lui avait accordée son oncle Matthew. Si Boeing devenait un gros client de Matterson Consulting, Jayson était convaincu que Matthew lui confierait les rênes de l'entreprise à sa retraite. C'était l'objectif qu'il poursuivait depuis le début.

Le portable de Jayson sonna dès qu'il retourna dans son bureau. C'était Cooper.

— Hé, Coop, décrocha-t-il avec un sourire. Quoi de neuf ?

— Pas grand-chose. Je pense à Noël. Est-ce que tu as prévu quelque chose avec ta nouvelle copine ?

Jayson s'installa dans son fauteuil en réprimant un soupir. Chaque fois qu'ils se téléphonaient, Cooper s'arrangeait pour mentionner Merry d'une manière ou d'une autre. Jusqu'ici, Jayson était parvenu à esquiver toutes ses questions.

Sauf une.

Tel un chien enragé, Cooper s'acharnait à demander comment s'était passée la rencontre. La rencontre qui n'avait jamais eu lieu. Puisque Jayson évitait systématiquement de répondre, Cooper se doutait forcément qu'il y avait anguille sous roche, et finissait toujours par revenir à la charge.

— Non, on n'a encore rien prévu, dit Jayson.

— Au cas où tu n'aurais pas remarqué, mon vieux, Noël est dans à peine quelques jours.

— Je sais.

Avant que son ami se mette à poser des questions gênantes, Jayson demanda :

— Et toi ? Qu'est-ce que tu as prévu avec Maddy ?

— On va dans sa famille. Tu as déjà rencontré celle de Merry ?

Bien tenté, Cooper.

— Pas encore. Et le mariage ? Les préparatifs avancent comme vous voulez ?

Un long soupir se fit entendre au bout du fil.

— Mon vieux, j'étais loin de me douter qu'un mariage demandait autant d'organisation. Perso, ça m'irait tout aussi bien de faire un truc tout simple, pieds nus sur la plage et basta. Mais avec Maddy, c'est une autre paire de manches. Les fleurs, les musiciens, le traiteur – je ne sais pas pourquoi elle tient absolument à prévoir une réception quatre étoiles, mais bon… Et puis, figure-toi que sa mère a décidé de fourrer son nez dans les préparatifs et, purée, je suis sûr que la construction de la Grande Muraille de Chine a été moins compliquée à planifier que tout ce bazar.

Jayson ne put s'empêcher de pouffer de rire.

— À ce rythme-là, tu vas finir par craquer pour un mariage express à Las Vegas.

— Bah, pour l'instant, je préfère ne pas trop m'en mêler. Elle ne me tient au courant que du strict nécessaire.

— C'est sans doute mieux comme ça.

— Bon ! s'écria Cooper. Revenons à nos moutons. Je veux savoir comment ça va avec ta copine et n'essaie pas encore de changer de sujet.

Jayson perdit son sourire.

— Ça va super bien.

Et c'était vrai, à part un certain point noir. Mais l'essentiel, c'était qu'ils s'étaient remis à échanger.

— La vache, mec ! Il faut vraiment te tirer les vers du nez. Je te demande comment elle est en vrai.

Cette fois, Jayson ne réussit pas à retenir un soupir. Forcément, son cousin demanda aussitôt :

— Son physique t'a déçu, c'est ça ?

— Non.

Étant donné qu'il ne savait toujours pas à quoi Merry ressemblait, il n'avait pas à mentir sur ce point.

— Alors, quoi ? reprit Cooper. Ça veut dire qu'elle a comblé toutes tes espérances ?

Jayson hésita à garder la vérité pour lui. Mais il ne pouvait pas mentir à son meilleur ami…

— Bon, soupira-t-il, les épaules tombantes, autant tout te dire. Elle n'est pas venue.

S'ensuivit un silence pesant.

— Elle… n'est pas venue ? finit par répéter Cooper.

— Tu m'as bien entendu.

— Mais pourquoi ?

En voilà une excellente question.

— Je ne sais pas exactement. Elle a dit qu'elle me connaissait.

— Comment ça ?

— Elle m'avait déjà rencontré avant. Mais je ne sais pas où ni quand. En tout cas, je ne lui ai manifestement pas fait une bonne impression.

Jayson avait eu beau se creuser la cervelle, il n'avait toujours aucune idée de ce qui avait pu se passer lors de cette mystérieuse rencontre. La seule explication qu'il voyait était qu'il avait dû être d'une humeur exécrable après un très mauvais jour et qu'il avait fait une scène à cause d'une broutille. Si c'était le cas, il n'en avait aucun souvenir.

— Bref, Merry est venue au point de rendez-vous, mais un seul coup d'œil a suffi à la faire changer d'avis et décider qu'en fait, non, il valait mieux éviter toute relation entre nous.

Une exclamation indignée résonna au bout du fil.

— Qu'est-ce que c'est que ces c…

— Après ça, le coupa Jayson, j'ai réussi à la convaincre de me redonner une chance.

— Attends un peu. Tu veux dire que tu lui as quand même parlé ?

— Pas de vive voix. Sur Internet.

— Mec, écoute… Je ne la connais pas, cette fille, mais je t'avoue que j'ai des gros doutes, là. Si elle n'est pas fichue de voir que tu es un type génial, bon débarras.

Jayson esquissa un sourire. Il avait toujours pu compter sur le soutien sans faille de son cousin.

— Je l'ai envisagé, figure-toi. Mon ego en a pris un sacré coup. Et au début, je me suis dit « bon débarras », moi aussi. Si c'était vraiment ce qu'elle voulait, qu'est-ce que je pouvais y faire ? Mais dans les jours qui ont suivi, je n'ai pas pu m'empêcher de penser à elle à longueur de temps. Tchatter avec Merry, c'est toujours le meilleur moment de mes journées. J'attends nos échanges avec autant d'impatience que mon premier café du matin. Plus encore.

Cooper ne répondit pas tout de suite, comme s'il avait besoin de digérer ses paroles.

— Elle te plaît à ce point, alors ?

— Oui.

— Mais tu ne crois pas que ça pourrait être du pipeau, tout ça ? s'inquiéta son ami. Si ça se trouve, elle ne t'a jamais rencontré avant et elle a juste inventé une excuse. Elle a peut-être quelque chose à cacher.

— J'en doute.

Ce n'était pas impossible, bien sûr. Mais l'instinct de Jayson lui soufflait que Merry disait la vérité.

— Tout ce que je sais d'elle me pousse à croire qu'elle est honnête jusqu'à la moelle.

— J'espère que tu as raison… Tu as toujours eu un bon flair, alors si cette fille est aussi spéciale que tu le penses, ne lâche pas l'affaire.

— Merci pour le vote de confiance, répondit Jayson avec un sourire amusé. Mais le truc, c'est qu'il y a aussi cette autre…

Il hésita à terminer sa phrase. Fallait-il qu'il parle de sa soudaine attirance pour Mary ?

— Cette autre quoi ? l'encouragea Cooper.

Jayson décida de faire marche arrière.

— C'est juste qu'il y a ce rapport qui me bouffe le plus gros de mon temps et…

— Ouais, ouais, je suis déjà au courant. Tu bosses sur le projet Boeing depuis des plombes.

— Avec mon emploi du temps de dingue, je n'ai pas vraiment le temps pour une relation. Merry travaille beaucoup, elle aussi.

— Jayson, arrête de tourner autour du pot. Qu'est-ce que tu me caches ?

Jayson pinça les lèvres. Pris la main dans le sac. Son cousin le connaissait vraiment par cœur.

— Crache le morceau, Jay, insista Cooper. Ça a un rapport avec le nombre d'heures que tu passes au bureau, je le sens…

— Bon, OK. Il y a cette fille au bureau qui m'a aidé à terminer le rapport et je la trouve plutôt jolie.

« Plutôt jolie » était bien en dessous de la vérité, mais Jayson ne voulait pas avouer à Cooper – et encore moins à lui-même – à quel point Mary l'attirait.

— Alors invite-la à sortir, suggéra Cooper. Si Merry sait qu'elle a de la concurrence, ça va peut-être lui secouer les puces.

Jayson y avait déjà pensé. Mais bien sûr, c'était une très mauvaise idée. Il ne voulait pas manipuler les deux femmes en les liguant l'une contre l'autre. Pas question de reproduire les tactiques écœurantes dont ses parents avaient usé mariage après mariage. Et c'était loin d'être la seule raison.

— Je ne peux pas sortir avec elle, affirma-t-il.

— Parce que c'est une employée ?

— Déjà, oui. Mais c'est juste une intérimaire, donc ce n'est pas le plus gros problème.

— Alors, quoi ?

Levant les yeux au plafond, Jayson poussa un long soupir.

— Elle a quelqu'un d'autre.

Presque aussitôt, Cooper demanda :

— Est-ce que vous avez passé du temps rien qu'à deux ?

— Un peu.

— Est-ce que tu lui plais aussi ?

Jayson essaya de considérer la question avec objectivité.

— Je crois bien.

— Bon, alors tente ta chance, conclut Cooper. Elle ne t'enverrait pas de signaux si cet autre type était vraiment important.

— Des signaux ? Mary ne m'envoie pas de signaux.

— Attends. Comment tu as dit qu'elle s'appelait ?

— Mary, répondit Jayson. Je sais, ça porte un peu à confusion, mais ça s'écrit M-A-R-Y, pas M-E-R-R-Y.

Cooper pouffa de rire.

— Un peu ? Ça porte carrément à confusion, ouais. Tu es attirée par deux femmes qui ont le même prénom, à deux lettres près.

— Ouaip.

— Mec, il n'y a que toi pour te compliquer la vie à ce point.

— Je sais, rigola Jayson. Mais au moins, je ne risque pas de commettre de gaffe en appelant l'une par le prénom de l'autre, hein ?

— Ça, c'est sûr. Bon, je vais te laisser. Tiens-moi au courant, OK ? Je vais dire à Maddy que tu viendras accompagné au mariage, et que l'heureuse élue s'appelle Mary, mais que je ne suis pas sûr de l'orthographe.

Jayson raccrocha avec un sourire. Il ne lui restait plus qu'à se décider entre les deux Mary.

11

Merry

Vendredi soir, Merry était sur le point de quitter le bureau quand elle apprit que Jayson Bright demandait à la voir. Il lui avait envoyé son assistante, Mrs Bly, une femme d'âge mûr qui, semblait-il, travaillait pour Matterson Consulting depuis la création de l'entreprise.

Merry se mit aussitôt à paniquer. Pourquoi Jayson tenait-il à la voir en privé dans son bureau ? Se pouvait-il qu'il ait découvert sa véritable identité ? Ou alors avait-elle commis une erreur grave dans sa saisie de données le vendredi précédent qui avait rendu caduque l'intégralité du rapport ? Dans les deux cas, Jayson devait être furieux. Comptait-il la virer sur-le-champ ? Ce ne serait pas très judicieux si peu de temps avant la fin de son contrat, mais après tout, pourquoi pas ?

— Tu as encore des ennuis avec le patron ? demanda Lauren.

— Je n'ai rien fait de mal, je te jure.

Du moins, elle l'espérait. Kylie secoua la tête et décocha un sourire à Merry.

— Reste optimiste. Peut-être qu'il compte te donner une prime pour être restée vendredi dernier !

— Allez, zou ! dit Lauren en la chassant d'un geste. Ne le fais pas attendre. Mais tiens-nous au jus. Si la boîte se met à licencier à tour de bras, j'aime autant le savoir tout de suite.

Un peu fébrile, Merry se dépêcha de se rendre dans le bureau de Jayson. Mrs Bly, déjà de retour à son poste, leva les yeux de son ordinateur.

— Vous pouvez entrer, dit-elle. M. Bright vous attend.

Merry toqua timidement à la porte avant d'ouvrir. Elle trouva Jayson derrière son bureau, confortablement assis les mains derrière la tête. Il semblait plongé dans ses pensées. Manifestement, il ne l'avait pas entendue entrer.

Prise au dépourvu, Merry resta plantée sur le seuil sans trop savoir quoi faire. Elle avait l'impression d'être de retour au collège et d'avoir été convoquée dans le bureau du principal. Sentant ses mains devenir moites, elle agrippa le bas de son pull et attendit pendant de longues, très longues secondes que Jayson remarque enfin sa présence. Il la considéra un instant d'un air surpris, comme s'il ne s'attendait pas à la trouver ici.

— Vous avez demandé à me voir ? lui rappela-t-elle.

Il se redressa et lui fit signe d'entrer.

— Oui, bien sûr. Fermez la porte derrière vous, s'il vous plaît.

Elle s'exécuta et avança de quelques pas.

— Asseyez-vous, je vous en prie.

Il indiquait un siège en cuir à dossier haut qui semblait bien plus confortable que le fauteuil de bureau sur lequel Merry travaillait tous les jours. Mal à l'aise, elle s'assit tout au bord du siège, les poings serrés sur ses genoux.

Pour ne rien arranger à sa nervosité, Jayson continua de la fixer sans un mot. Elle déglutit péniblement sous l'intensité de son regard. Seigneur, quelle torture ! Qu'attendait-il pour parler ? *Il sait*, songea-t-elle, le cœur tambourinant dans sa poitrine. Jayson avait compris qui elle était réellement, c'était évident.

Sentant ses ongles s'enfoncer dans la chair de ses paumes, Merry fit son possible pour garder une expression neutre. Si Jayson était sur le point d'exploser, il était important qu'elle reste calme.

Enfin – *enfin !* –, il prit la parole.

— Je suppose que vous vous demandez pourquoi j'ai demandé à vous parler.

La gorge sèche, Merry se contenta de confirmer d'un signe de tête.

— Ne vous inquiétez pas, ça ne concerne pas votre poste.

Voilà qui n'était pas vraiment rassurant. Merry jeta un coup d'œil discret à sa montre et ne put s'empêcher de contracter les lèvres. Zut, son bus n'allait pas tarder à passer.

Bien sûr, son tic n'avait pas échappé à Jayson.

— Il se peut que ça prenne un moment. Est-ce que c'est un problème ?

— Non, mais j'aimerais savoir combien de temps ça va durer.

Inclinant la tête, il esquissa un rictus.

— Un autre rendez-vous galant ?

— Non. Mais si je rate mon bus, je vais avoir besoin de passer un coup de fil.

— Vous partagez un appartement avec des amis ? s'étonna-t-il avant d'agiter la main. Ne répondez pas ; ça ne me regarde pas, bien sûr. Si vous ratez votre bus, je me ferai un plaisir de vous reconduire chez vous.

Merry resta un instant interdite. Comment se faisait-il que Jayson soit si curieux à son sujet, ces temps-ci ? Elle travaillait ici depuis près d'un an, mais il semblait ne l'avoir remarquée qu'il y a quelques semaines à peine.

— Ne vous inquiétez pas, répondit-elle, je peux toujours prendre le suivant. Et votre question ne me dérange pas : non, je vis dans une maison.

— Le prix des loyers étant ce qu'il est, je suppose que vous vivez en colocation.

Il écarquilla aussitôt les yeux et se reprit :

— Pardon, je recommence. Ce ne sont pas mes affaires.

Merry ne put retenir un sourire. Voir Jayson si gêné l'amusait beaucoup. Et puis, ça ne lui déplaisait pas qu'il cherche à en savoir davantage à son sujet.

Pourtant, une pointe de jalousie la piqua. C'était idiot, elle en avait conscience. Pourquoi serait-elle jalouse de l'autre femme dans le cœur de Jayson alors qu'elle était littéralement l'autre femme en question ?

— Avez-vous encore besoin que je reste travailler ? Je peux.

— Non, non. Le projet est terminé.

Alors que se passait-il ? Jayson n'avait pas l'air pressé d'en venir au fait. À croire qu'il l'avait fait venir juste pour la scruter sous toutes les coutures.

Mais à la réflexion, il semblait plutôt hésitant, comme s'il ne savait pas comment aborder le sujet qui l'intéressait. Voilà qui ne ressemblait en rien au Jayson Bright qu'elle connaissait.

— Est-ce que quelque chose vous gêne dans mon apparence ? s'inquiéta-t-elle soudain.

Elle considéra sa veste de tailleur bleue et verte, sa jupe crayon et ses bottes. Elle ne voyait pas ce qu'on pourrait reprocher à sa tenue.

— Votre apparence ? répéta-t-il avant de secouer la tête. Non. Pas du tout. Vous êtes très bien. Ravissante, même.

Le compliment déstabilisa Merry. C'était étrange, voire un peu alarmant, venant de la bouche de son patron. Elle réprima l'envie de changer nerveusement de position sur le siège : elle se tenait si près du bord qu'elle risquait de finir sur les fesses au moindre mouvement. Bonjour l'humiliation.

Jayson reprit la parole.

— Je tenais à vous remercier personnellement pour tout ce que vous avez fait pour le rapport Boeing, en particulier vendredi dernier. Vous n'avez pas laissé nos récents différends affecter votre travail, et je vous en suis reconnaissant.

— Merci, répondit timidement Merry, un peu gênée par ces éloges. Je suis heureuse d'avoir pu vous aider.

C'était peu de le dire. Elle avait été ravie de passer quelques heures en sa compagnie. Pour la toute première fois, elle avait pu entrevoir le Jay attentionné qu'elle connaissait sur Internet derrière la façade froide de son patron. Ce soir-là, elle avait compris que Jayson Bright était plus complexe qu'il n'y paraissait.

— Je sais, poursuivit-il, que vous avez été envoyée ici par une agence d'intérim.

— Pour un contrat d'un an, oui.

— Si long ? parut-il s'étonner.

Merry s'efforça de réprimer un sourire. Elle avait donc vu juste : Jayson ne lui avait effectivement jamais prêté attention avant le mois dernier, quand le rapport Boeing avait commencé à devenir urgent.

— Quoi qu'il en soit, reprit-il, je tenais à vous informer que, si vous cherchez un poste permanent, je suis prêt à vous accueillir dans l'équipe.

Merry en resta sans voix. Un poste permanent ? Ça, pour une surprise… Dire qu'elle avait redouté qu'il la licencie avant la fin de son contrat !

— Je… Je ne sais pas quoi dire, balbutia-t-elle. Merci. Votre offre me touche énormément. C'est tentant, mais je ne peux pas accepter. Enfin, ne vous méprenez pas, c'est une bonne entreprise qui offre des avantages plus qu'alléchants, mais… je suis déjà inscrite à l'université.

Elle avait économisé autant que possible, dans l'espoir de devenir éducatrice spécialisée.

— Je ne savais pas que vous étiez étudiante, commenta Jayson, les sourcils froncés.

Il se demandait sans doute comment elle arrivait à caser des cours universitaires dans des semaines de travail de quarante heures, pour ne pas dire cinquante.

— J'ai suspendu mes études pendant un an afin de mettre suffisamment d'argent de côté pour financer ma dernière année, expliqua-t-elle. Si tout se passe comme prévu, je devrais avoir mon diplôme d'enseignante d'ici un an.

Jayson hocha la tête d'un air approbateur.

— Vous ferez une bonne enseignante, Mary. Vous en avez la patience et le tempérament.

— J'aime les enfants, alors ça a toujours paru une voie évidente pour moi.

Elle se garda de mentionner son intérêt pour l'éducation spécialisée, de peur qu'il fasse le lien entre Patrick et elle.

Cette fois encore, il hocha la tête. Un silence s'installa quelques instants, jusqu'à ce que Jayson dise à brûle-pourpoint :

— Vous devez avoir hâte de rentrer chez vous.

— Rien ne presse, assura-t-elle.

Maintenant qu'elle avait raté son bus, elle avait du temps avant le passage du suivant. En fait, elle avait presque une heure entière à tuer.

Néanmoins, Jayson se leva et la raccompagna jusqu'à la sortie.

— Nous nous reverrons lundi soir à la fête de Noël du bureau, n'est-ce pas ?

— En fait, non.

— Non ?

— J'ai déjà quelque chose de prévu ce soir-là. Mais vous, bien sûr, vous y serez.

— Oui, ma position m'y oblige plus ou moins, dit-il en lui ouvrant la porte.

Merry remarqua que Mrs Bly était déjà partie, tout comme la majorité du personnel. Maintenant que l'obligation de faire des heures supplémentaires avait été levée, tout le monde semblait pressé de quitter le bureau le plus tôt possible.

— Quand devez-vous nous quitter ? demanda Jayson.

— Eh bien, étant donné que vous avez donné la semaine entre Noël et le Nouvel An à tout le monde, je termine lundi.

— Je vois. Vous partez donc très bientôt.

— Oui. Ça a été une bonne année.

Il lui offrit un sourire chaleureux.

— En effet. Ça a été une très bonne année sur plusieurs plans. Passez une bonne soirée, Mary.

Merry passa récupérer ses affaires à son bureau avant de sortir de l'immeuble. Et puisque son bus ne passerait pas avant presque une heure, elle décida d'aller acheter quelque chose à manger. C'était à son tour de préparer le dîner à la maison, mais comme elle allait rentrer une heure plus tard que prévu, autant apporter le repas.

Elle resta quelques instants plantée sur le trottoir, considérant ses différentes options, et finit par jeter son dévolu sur un traiteur situé quelques centaines de mètres plus loin. Elle n'y avait encore jamais mangé, notamment parce que les prix y étaient un peu élevés, mais on lui en avait dit beaucoup de bien. Et puis, après sa conversation avec Jayson, elle était de bonne humeur et avait envie de se faire un petit plaisir, pour une fois. Patrick et sa mère seraient sans doute ravis, eux aussi – quant à son père, il était en déplacement pour le travail et ne rentrerait à Seattle que le lendemain.

Une fois arrivée, Merry se rendit compte que le New York Deli était encore plus populaire qu'elle ne le pensait, à en croire la longue file d'attente devant le comptoir. Elle jeta un œil à sa montre et, estimant avoir le temps de faire la queue avant le passage de son bus, elle entra dans l'établissement.

Elle commençait à lire le menu affiché derrière le comptoir lorsqu'une voix familière s'éleva dans son dos.

— Comme on se retrouve.

Jayson Bright.

— Vous venez ici souvent ? demanda-t-il alors qu'elle lui retournait un regard stupéfait.

— Non, c'est la première fois. Lauren me l'a recommandé et je me suis dit que j'allais tester. J'ai du temps avant le prochain bus.

La file d'attente, en revanche, avançait bien plus lentement qu'elle l'avait espéré.

— Du moins, je crois.

— Ce traiteur a beaucoup de succès.

— C'est ce que je vois. Et vous ? Vous venez ici souvent ?

— Plutôt, oui, répondit Jayson en haussant les épaules. Suffisamment pour que le patron connaisse mon prénom.

La file d'attente avança d'un pas. Merry suivit le mouvement, les mains fourrées dans les poches de son manteau. Un silence gênant commençait à s'installer entre Jayson et elle.

— Dites-moi, finit-il par reprendre, accepteriez-vous que je vous invite plutôt au restaurant ? Pour vous remercier. Vous n'êtes pas obligée, bien sûr, il s'agirait juste d'un dîner entre amis.

Prise de court, Merry ne sut que répondre. Malgré le brouhaha ambiant, la question flotta entre eux dans un silence assourdissant.

— Si vous vous dites que les relations entre la direction et les employés sont interdites par le règlement, se dépêcha d'ajouter Jayson, vous avez raison. Mais, techniquement, vous n'êtes pas une employée de la société, donc je ne pense pas enfreindre de règle. Et de toute façon, comme je vous l'ai dit, il ne s'agit que d'un dîner entre amis, rien de plus.

Merry ne put s'empêcher d'éclater de rire.

— Vous êtes vraiment très à cheval sur le règlement, hein ?

— Non, je veux simplement vous assurer que vous n'êtes en aucun cas obligée d'accepter. Je ne suis pas du genre à abuser de mon pouvoir.

Merry se sentit sourire jusqu'aux oreilles. Décidément, elle allait de surprise en surprise, ce soir !

— Dans ce cas, avec plaisir. Mais il va d'abord falloir que je passe un coup de fil.

Jayson parut agréablement surpris.

— Vous êtes partante, alors ?

— Bien sûr, confirma Merry sans se défaire de son sourire. Pourquoi pas ? Un dîner entre amis, c'est une chouette idée.

Sans compter que ça lui donnerait l'occasion de découvrir une autre facette de l'énigmatique Jayson Bright…

— Qu'aimeriez-vous manger ? lui demanda-t-il. Un steak ? Ou bien italien ? Grec ? Mexicain ?

En près d'un mois, Jay et elle avaient eu plus d'une occasion de discuter de leurs goûts en long et en large. Elle savait qu'il avait un faible pour la bonne viande.

— Un steak, ça me paraît parfait, répondit-elle.

La lueur de joie qui brilla dans les yeux de Jayson lui confirma qu'elle avait fait le bon choix.

— Passez donc votre coup de fil, dit-il. Je m'occupe de nous réserver une table.

— Marché conclu ! Je vous retrouve dehors.

Alors qu'il dégainait son téléphone, Merry sortit du *Deli* pour appeler chez elle. Ce fut Patrick qui décrocha.

— Coucou, Patrick ! Dis, tu veux bien t'occuper du dîner pour Maman et toi, ce soir ?

— C'est à ton tour de cuisiner, lui rappela-t-il.

Il était bien placé pour le savoir : c'est lui qui avait établi leur calendrier.

— Je sais. Mais ce soir, c'est exceptionnel.

— Pourquoi ? Tu fais quoi ?

— J'ai un rendez-vous.

— Un rendez-vous ? répéta son frère d'un ton soupçonneux. Avec qui ?

— Mon patron.

Un silence qui suivit était lourd de reproches. C'était pourtant bien la faute de Patrick et sa mère, dans un sens, si elle se retrouvait dans cette situation insensée !

— Tu ne devrais pas faire ça. Jay n'aimerait pas que tu sortes avec un autre homme.

Expliquer toute la situation à son frère serait un peu difficile. Elle jeta un œil dans la vitrine pour s'assurer que Jayson se trouvait toujours à l'intérieur.

— Ne t'en fais pas, Patrick. Jay ne m'en voudra pas, je te le promets. Alors, tu veux bien t'occuper du repas pour Maman et toi, ce soir ?

— Bon, d'accord. Je peux faire du chili avec des frites. J'aime bien le chili avec des frites.

Ce n'était pas le plat préféré de leur mère, mais Merry ne doutait pas qu'elle se ferait une joie de manger une fois qu'elle saurait pourquoi Patrick et elle ne seraient que deux pour le dîner.

— OK. Merci.

Elle raccrocha au moment où Jayson la rejoignait dehors.

— Je n'ai pas pu réserver de table avant dix-neuf heures. J'espère que ça ne vous dérange pas d'attendre.

Merry jeta un œil à l'horloge de son téléphone avant de le ranger. Il était à peine dix-huit heures. Autrement dit, elle allait passer encore plus de temps en compagnie de Jayson. Elle allait donc avoir tout le loisir de le voir sous un autre jour sans qu'il se doute qu'il avait affaire à la Merry de Lucky Wink.

Elle jouait à un jeu dangereux, elle en avait conscience. Et pourtant, elle était excitée comme une puce.

12

Jayson

— Le restaurant n'est qu'à quelques rues d'ici, annonça Jayson, toujours devant le *Deli*. J'espère que ça ne vous dérange pas de marcher un peu.

Il leva la tête pour mieux sentir l'air glacial fouetter son visage. L'hiver était sa saison préférée, surtout quand le ciel était dégagé comme ce soir. Bien sûr, ils prendraient un taxi si Mary y tenait, mais personnellement, Jayson préférerait se rendre au restaurant à pied.

— Avec plaisir, répondit-elle pour sa plus grande joie. Ça me permettra d'admirer les illuminations de Noël en chemin. Je n'ai pas eu beaucoup l'occasion d'en profiter, cette année.

— À cause de toutes les heures supplémentaires que je vous ai imposées, vous voulez dire ?

Bien qu'il ait posé la question d'un ton blagueur, Jayson se sentait un peu coupable. Mais d'un autre côté, comment auraient-ils pu terminer le rapport à temps autrement ?

— Oui, entre autres, répondit Mary. J'adore les illuminations, les vendeurs de rue, l'ambiance… Et en général, il y a quelques chorales de Noël dans les environs de Pacific Place. Ça vous dit d'aller y faire un tour ?

Étrange, songea Jayson. Il n'avait rien jamais remarqué de tout ça, alors qu'il se rendait au bureau à pied tous les jours. Comment dire non face à tant d'enthousiasme ?

— Ce n'est pas très loin du restaurant. Je pense qu'on peut se permettre un petit détour sans arriver en retard.

— Super ! se réjouit-elle en se frottant les mains d'impatience.

Ouvrant la marche, Jayson posa une main au creux du dos de Mary pour la guider dans la bonne direction. Sans un mot, elle leva les yeux vers lui et esquissa un sourire qu'il se surprit à retourner. Jayson n'avait pas le sourire facile, encore moins ces derniers temps avec tout le stress accumulé. Mais maintenant que le rapport avait enfin été remis à Boeing, il se sentait léger comme une plume.

Alors qu'ils traversaient la route, les pensées de Jayson dérivèrent vers Merry. Même s'ils ne s'étaient pas officiellement donné rendez-vous aujourd'hui, ils avaient l'habitude de tchatter presque tous les soirs autour de 20 h 30, 21 heures au plus tard. Au fond, ce ne serait pas plus mal qu'il ne se connecte pas ce soir sans la prévenir. Il ne lui devait aucune explication. Et puis, ça la forcerait à se remettre un peu en question et ça rééquilibrerait peut-être leur relation.

Il voulait à tout prix croire que Merry était tout ce qu'elle prétendait être, et qu'ils étaient réellement liés par quelque chose de fort ; mais Cooper avait réussi à semer le doute dans son esprit. Jayson pouvait-il réellement se fier à son propre jugement ? À cause d'elle, il se trouvait réduit à un état de vulnérabilité qui ne lui plaisait pas du tout.

Oui, sauter un soir de tchat était peut-être exactement ce dont Merry avait besoin pour accepter une rencontre.

Jayson s'obligea à la chasser de son esprit et reporta son attention sur la foule de passants chargés de sacs de shopping – leurs achats de Noël de dernière minute, sans doute. Les rues étaient si bondées que quelqu'un bouscula soudain Mary, ce qui la fit trébucher vers l'avant. Jayson la retint par les épaules pour qu'elle garde l'équilibre. Puis, sur un coup de tête, il prit le bras de Mary pour l'enrouler autour du sien. Se surprenant à prendre plaisir à marcher ainsi avec elle, bras dessus, bras dessous, il alla même jusqu'à poser la main sur la sienne. Dommage qu'ils portent des gants ; il aurait aimé pouvoir sentir sa peau sous ses doigts.

— L'ambiance altruiste censée être propre aux fêtes semble avoir quelque peu disparu, de nos jours, commenta-t-il.

La personne qui avait bousculé Mary n'avait même pas pris la peine de s'excuser. Certes, ça n'avait rien de surprenant, mais ça n'en était pas moins déplorable.

— Oh, pas du tout, répliqua Mary. Je vous assure qu'il y a encore beaucoup de gens qui aident leur prochain. Il suffit de savoir où regarder. En voilà un bon exemple.

Elle indiquait la dame que Jayson croisait régulièrement, celle qui agitait sa cloche devant une boutique huppée pour rappeler aux passants que tout le monde n'était pas aussi chanceux qu'eux.

Un peu plus loin, ils croisèrent une autre femme qui distribuait des tracts au coin de la rue. Mary en prit un : on y apprenait qu'une église locale organisait un repas gratuit pour tous les intéressés.

— Vous voyez ? insista-t-elle avec un petit sourire.

— OK, je m'avoue vaincu. Tout ce que je dois faire, c'est ouvrir les yeux.

— Oh, regardez ! s'écria-t-elle soudain en les entraînant vers un vendeur de rue.

Jayson l'avait déjà vu – il le croisait même tous les jours depuis des semaines en allant au bureau –, mais il ne s'était jamais intéressé à ce qu'il vendait. Plusieurs personnes faisaient la queue devant son étal.

— Qu'est-ce que c'est ?

— Des marrons chauds ! Venez, on en prend !

— Des marrons chauds ? C'est vraiment une chose qui se mange ? On se croirait dans un roman de Dickens.

— Pas faux. Mais, oui, ça se mange vraiment.

— Eh bien, achetons-en si ça peut vous faire plaisir, mais ça ne m'a pas l'air très appétissant.

— C'est très bon, je vous assure. Goûtez-y, vous verrez.

Jayson se laissa tenter. Alors qu'ils se joignaient à la file d'attente, Mary se mit à lui décrire la saveur particulière des marrons chauds. Mais il était trop fasciné par son air radieux et l'excitation dans sa voix pour écouter vraiment ses arguments. Il ne comprenait pas comment un simple aliment pouvait procurer une telle joie à Mary, mais sa candeur le touchait. Cette femme l'attirait. Quelque chose en elle lui donnait l'impression inexplicable de la connaître vraiment. C'était absurde, bien sûr ; ils avaient des rapports bien trop limités pour ça.

Une fois les gourmandises achetées, Jayson goûta à son tout premier marron chaud, sous l'œil curieux de Mary.

— Alors ? Qu'est-ce que vous en pensez ?

— Vous avez raison, ce n'est pas mauvais du tout.

Mary retira un gant pour se servir à son tour.

— Pour moi, tout le charme des marrons chauds vient du fait qu'on ne peut les manger qu'à cette période de l'année. Merci pour le cornet, ajouta-t-elle avant de fourrer le marron dans sa bouche.

Un peu embarrassé qu'elle le remercie pour si peu, Jayson balaya sa gratitude d'un revers de la main. Puis ils reprirent leur chemin vers le restaurant tout en grignotant.

Bientôt, ils remarquèrent une chorale en habits victoriens qui avançait dans leur direction. Les femmes portaient de longs manteaux de laine avec un col en fourrure, les mains glissées dans un manchon ; quant aux hommes, ils étaient vêtus de longues redingotes noires et de chapeaux hauts de forme. Ils remontaient la rue en interprétant un chant de Noël dans une parfaite harmonie. Jayson s'écarta pour les laisser passer, entraînant Mary avec lui. Elle les suivit du regard avec des étoiles dans les yeux, comme si elle n'avait jamais entendu de musique plus angélique.

— Ils sont merveilleux, n'est-ce pas ? s'exclama-t-elle alors qu'ils s'éloignaient.

Jayson était si hypnotisé par son sourire qu'il en oublia de répondre.

En sa compagnie, il parvenait à voir la période des fêtes sous un jour nouveau. Pour lui, Noël n'était qu'un jour comme un autre. Il n'avait jamais vraiment prêté attention aux différents aspects qui semblaient procurer tant de joie à la plupart des gens. Mais comment voir « la magie de Noël » quand on a grandi dans une famille comme la sienne, où Noël a toujours été réduit à son aspect le plus matériel ? Enfant, il avait toujours eu le sentiment que ses parents le couvraient de cadeaux pour essayer de compenser leur absence et leur manque d'affection. Bouder leurs cadeaux avait d'ailleurs été sa manière de leur faire savoir qu'ils ne pouvaient pas l'acheter si facilement.

Une sensation humide sur son visage tira tout à coup Jayson de ses ruminations : une neige fine commençait à tomber. Mary semblait aux anges : la tête en arrière, le visage offert aux flocons, elle ferma et rouvrit les yeux avec un petit rire cristallin.

— J'ai toujours adoré attraper la neige avec les cils, expliqua-t-elle avant de se mettre à fredonner. « Doux flocons blancs sur mon nez écarlate… »

— Quoi ?

— Ça vient de la chanson *Mes joies quotidiennes* de *La Mélodie du bonheur.* Ne me dites pas que vous l'avez oubliée.

Il se rappelait avoir vu le film il y a bien, bien longtemps. Mais les paroles des chansons…

— Je m'en souviens, assura-t-il. Un peu.

— J'espérais tant qu'il neige… C'est parfait. Absolument parfait.

Et elle se remit à fredonner avec un immense sourire. Elle semblait à deux doigts de se mettre à danser en plein milieu du trottoir et de l'entraîner avec elle.

Jayson n'en croyait pas ses yeux. Mary avait-elle perdu la tête ? Même si son enthousiasme faisait plaisir à voir, il fallait rester pragmatique : la neige compliquait toujours tout. Même quelques centimètres suffisaient à paralyser entièrement Seattle.

— J'espère qu'elle ne tiendra pas, marmonna-t-il.

— Vous voulez rire !

Mary lâcha le bras de Jayson et le dévisagea comme s'il venait de lui pousser des cornes.

— C'est presque Noël, lui rappela-t-elle. Qui ne rêve pas d'un Noël blanc ? Si la neige tient, ça sera parfait.

Transportée de joie, elle ouvrit grand les bras et se mit à tourner sur elle-même comme un enfant dans la cour de récré. La scène fit sourire Jayson. Il fallait bien reconnaître que l'enthousiasme de Mary était contagieux.

— OK, OK, vous avez raison. La neige, c'est beau et le timing est… parfait, surtout pour les enfants.

— Noël est la période la plus merveilleuse de l'année.

— Pour certains, rétorqua-t-il dans un souffle, pensant qu'elle ne l'entendrait pas.

Raté.

— C'est plus qu'une fête, dit-elle en s'accrochant de nouveau au bras de Jayson.

Elle alla même jusqu'à poser la tête sur son épaule, ce qui le surprit mais ne le dérangea pas. Si n'importe qui d'autre s'était montré aussi familier avec lui, il aurait sans doute eu un mouvement de recul. Mais pour des raisons qu'il ne s'expliquait pas encore, Jayson se sentait totalement à l'aise avec Mary. Elle était si naturelle. Pas du genre à faire des manières. Il ne pouvait pas en dire autant de la plupart des femmes qu'il avait fréquentées jusqu'ici. Pas qu'il s'agisse d'un vrai rendez-vous, bien sûr…

— Noël, reprit-elle, la main sur la poitrine, c'est un état d'âme. C'est être ouvert et sincère, c'est faire preuve de générosité et de gentillesse envers les moins fortunés que soi, c'est couvrir d'amour ceux qu'on chérit.

Elle se tut brusquement et leva les yeux vers Jayson, l'air un peu honteuse.

— Pardon, je n'avais pas l'intention de me lancer dans de grandes envolées.

Jayson ne put s'empêcher de sourire. Qui aurait cru qu'il aimerait à ce point la compagnie de Mary ? Cette question, il se la posa plusieurs fois sur le reste de leur chemin. Mary s'arrêta devant de nombreuses boutiques, pointant des détails des vitrines auxquels il n'avait encore jamais prêté attention. Elle lui fit également remarquer l'unique étoile visible dans le ciel.

— Vous savez, continua-t-elle avec un petit rire, si les trois mages avaient été des femmes, elles n'auraient pas hésité à demander leur chemin et auraient trouvé l'étable bien plus tôt. Elles auraient aussi fait le ménage et préparé le repas avant même l'arrivée de Marie et Joseph.

Jayson pouffa de rire et secoua la tête.

— Je ne ferai aucun commentaire.

À travers la vitrine d'un magasin de jouets, ils virent des enfants en bas âge faire la queue pour parler au père Noël. Jayson éprouva un élan de compassion pour les parents qui les accompagnaient. Les pauvres, entre leurs marmots qui s'agrippaient à leurs jambes, ceux qui ne tenaient pas en place, qui pleurnichaient, ou encore qui somnolaient sur leurs épaules… Quel cauchemar !

Il aurait dû se douter que Mary aurait la réaction inverse.

— Les tout-petits sont adorables, hein ?

— Je plains les parents.

— Vous les plaignez ? répéta-t-elle, médusée.

— Bien sûr, regardez-les. Ils sont manifestement épuisés à cause de tous ces gamins turbulents. Même le père Noël a l'air au bout du rouleau.

— C'est *ça* que vous voyez ?

Mary semblait profondément choquée.

— Pas vous ? s'étonna-t-il.

— Pas du tout ! Moi, je vois la petite fille habillée en ballerine, là-bas, qui fait rire son petit frère. Ou encore ces deux mères qui discutent gaiement, sûrement pour s'échanger des anecdotes et des conseils. Et je ne vois pas ce que vous reprochez au père Noël, il est génial ! Un jour, quand j'étais petite, ma mère m'a emmenée prendre une photo avec lui ; j'étais tellement surexcitée que je ne tenais pas en place. Ma mère a gardé la photo, d'ailleurs. On m'y voit sur les genoux du père Noël, l'air béat. Je me rappelle encore qu'il m'a donné un sucre d'orge et que j'ai mis trois jours à le finir pour le savourer au maximum.

Jayson se tourna de nouveau vers la vitrine et essaya cette fois de voir la scène à travers le regard de Mary. Elle avait raison. Oui, il y avait bien quelques enfants grognons, mais la plupart attendaient patiemment leur tour avec un grand sourire.

Jayson et Mary reprirent leur chemin et finirent par arriver au restaurant, juste à l'heure prévue. On les conduisit immédiatement à leur table, contre un mur tapissé de poinsettias. Mary resta bouche bée devant la décoration luxueuse de la salle, en particulier les tableaux et les chandeliers.

— Incroyable ! souffla-t-elle, les yeux ronds. Je viens de voir le maire de Seattle.

Jayson esquissa un sourire.

— Nous sommes dans l'un des meilleurs établissements de la ville.

Alors qu'ils consultaient le menu, Jayson vit une expression d'horreur traverser le regard de Mary. Les prix, sans doute.

Elle confirma son impression l'instant d'après quand, pressant le menu contre sa poitrine, elle se pencha en avant pour lui glisser :

— Le prix d'un seul steak ici suffirait à nourrir une famille entière pendant une semaine.

— Commandez ce qui vous fait plaisir, répondit-il en se replongeant dans son propre menu.

— Je ne peux pas vous laisser dépenser une somme pareille pour moi.

Elle continuait de chuchoter, comme si elle craignait que quelqu'un les entende. Il ignora ses protestations et ils ne tardèrent pas à passer commande et à se faire servir.

Si Jayson se régala de son steak cuit à la perfection, il prit encore plus de plaisir à regarder Mary manger. Elle savourait chaque bouchée sans s'inquiéter du nombre de calories.

Ils discutèrent de beaucoup de choses autour d'une bouteille de malbec, l'un des vins préférés de Jayson. À un moment, il mentionna, l'air de rien, qu'il avait fait la connaissance d'une femme sur Internet mais qu'il ne l'avait pas encore rencontrée en personne. Mary lui posa quelques questions sur sa relation avec Merry et avoua avoir elle aussi un petit peu d'expérience en matière de rencontres en ligne. Jayson n'eut pas honte de lui demander quelques conseils sur le sujet.

Néanmoins, tout au long de la conversation, il eut l'impression confuse de reporter ses sentiments pour Merry sur Mary. Il aurait pu l'écouter parler d'elle pendant des heures. Il apprit notamment qu'elle avait une amie très proche qu'elle n'avait pas vue depuis plusieurs mois et qui lui manquait terriblement. Elle mentionna aussi son amitié avec ses collègues Lauren et Kylie. Jayson évita néanmoins de la questionner sur son petit-ami. Après tout, si leur relation avait été sérieuse, Mary aurait sans doute refusé ce dîner.

Elle ne laissa pas une miette dans son assiette. S'appuyant dossier rembourré de sa chaise, elle posa les mains sur son ventre et poussa un soupir de contentement.

— Waouh, c'était délicieux !

Jayson ne pouvait qu'approuver. Il ne se rappelait même pas avoir déjà autant apprécié une sortie au restaurant. La compagnie y était pour beaucoup.

On leur présenta la carte des desserts, mais Mary refusa.

— Je ne peux plus rien avaler.

— Pourquoi ne pas commander quelque chose à emporter pour le savourer plus tard ? suggéra Jayson.

— Je peux faire *ça* ?

À son air ébahi, on aurait juré qu'il venait de lui offrir des actions dans une mine d'or.

— Bien sûr.

Comme elle ne parvenait pas à se décider entre le cheesecake et le gâteau au chocolat, Jayson annonça au serveur :

— Elle prendra les deux.

Quelques minutes plus tard, ils quittaient le restaurant avec un sac contenant les deux desserts. Mary consulta sa montre.

— Il me reste dix minutes avant le prochain bus.

— Non non, assura calmement Jayson.

— Mais si. Mon bus passe à 15, toutes les heures.

— Mary, je ne vais pas vous laisser rentrer en bus à cette heure-ci. Je vais vous déposer.

Elle ouvrit des yeux comme des soucoupes.

— Vous comptez vraiment braver le trafic de Seattle un vendredi soir ?

— J'ai bien l'intention de vous reconduire chez vous, donc oui.

— Mais…

— Ne discutez pas.

Puisque Jayson habitait à deux pas du restaurant, il prit Mary par la main pour l'entraîner jusqu'à son immeuble. Il remarqua alors, non sans agacement, que le sans-abri qu'il avait fait chasser quelque temps plus tôt était revenu s'installer au coin du bâtiment.

Jayson comptait le dépasser sans un mot, mais à sa grande surprise, Mary lui lâcha tout à coup la main et alla échanger quelques mots avec l'homme. Puis elle sortit son gâteau au chocolat du sac et le lui offrit avec la cuillère en plastique.

— Joyeux Noël, dit-elle avant de rejoindre Jayson.

Il attendit de s'éloigner suffisamment avant de marmonner :

— Vous ne faites que l'encourager.

— Peut-être bien, mais ça m'étonnerait qu'il ait déjà eu l'occasion de goûter un dessert aussi délicieux que ce gâteau au chocolat.

Ou aussi coûteux, se garda d'ajouter Jayson. En tout cas, cet homme allait se régaler, ça ne faisait aucun doute.

Un peu plus loin, le portier le salua et parut quelque peu surpris de le voir accompagné. Jayson emmena Mary dans le garage de l'immeuble où ils regagnèrent sa voiture. Galant, il lui ouvrit la portière, et elle s'installa, visiblement médusée par l'intérieur luxueux. Jayson prit place au volant, entra l'adresse de Mary dans le GPS, puis sortit du garage.

Comme ils s'y attendaient, les routes étaient chargées. Ils roulèrent dans le calme de la radio en sourdine et n'échangèrent presque pas un mot de tout le trajet. Mary n'éprouva pas le besoin de combler le silence, ce qui plut à Jayson.

Malgré tout, il avait une conscience aiguë de sa présence à ses côtés. Cette femme était décidément différente de toutes celles qu'il avait connues jusqu'ici. Bien sûr, la reconduire avait juste été une occasion de passer plus de temps avec elle. Déjà, il commençait à réfléchir à de potentielles excuses pour la revoir.

Ils arrivèrent à destination plus vite qu'il ne l'aurait voulu. Dès qu'il se gara devant la maison de style victorien, un seul regard suffit à Jayson pour comprendre qu'il s'agissait de plus que d'une simple habitation. C'était un foyer. Des guirlandes lumineuses encadraient le porche et, à chaque fenêtre, on avait accroché une couronne de Noël scintillante surmontée d'un gros ruban rouge.

— Merci pour tout, dit Mary, les yeux baissés. J'ai passé une merveilleuse soirée.

— Moi aussi.

Elle sourit, accentuant sa fossette. Jayson avait conscience qu'il était censé sortir de la voiture pour raccompagner Mary jusqu'à sa porte, mais il n'arrivait pas à bouger. Cette fossette l'hypnotisait. Elle était tout simplement adorable.

C'est alors que Mary leva les yeux vers lui. Il y avait une telle intensité dans son regard… Il ne restait plus qu'à espérer qu'elle pensait à la même chose que lui.

Jayson se pencha en avant et effleura ses lèvres d'un baiser. Un baiser délicat. Hésitant. Elle avait les lèvres douces, incroyablement douces. Il sut tout de suite qu'il ne pourrait pas se satisfaire de si peu. Il en voulait plus. Il avait *besoin* de plus.

Posant la main sur la nuque de Mary, il l'attira à lui pour approfondir le baiser. Pour sa plus grande joie, il la sentit s'abandonner à ses lèvres avec un soupir de plaisir – quoique, c'était peut-être lui qui avait laissé échapper un râle de désir. De volupté.

Jayson se perdait totalement dans ce baiser. Il se sentait libéré d'un poids, comme s'il s'affranchissait des maux de sa jeunesse. Plus encore, il était submergé par le sentiment enivrant de se trouver exactement où il devait être, ici et maintenant. Il avait embrassé bon nombre de filles depuis l'âge de treize ans, mais jamais encore un baiser ne lui avait fait un tel effet, loin de là.

C'est presque à contrecœur qu'il finit par se dégager lentement de leur étreinte. Pendant un long moment, ils ne purent que se regarder en silence, ébahis et troublés par ce qui venait de se passer. Mary finit par esquisser un sourire timide et Jayson l'imita. Avait-elle ressenti quelque chose d'aussi fort, d'aussi incroyable que lui ?

Oui, forcément. Un tel baiser n'aurait pas pu la laisser indifférente… Pas vrai ?

Jayson pressa leurs fronts l'un contre l'autre, luttant contre la féroce envie d'embrasser Mary de nouveau. Il craignait de ne plus pouvoir s'arrêter s'il cédait à la tentation.

— Je ferais mieux de rentrer, souffla-t-elle.

Elle s'éclaircit la gorge, comme si les mots avaient eu du mal à sortir.

— On se voit lundi, alors, acquiesça Jayson.

— Oui. Mon dernier jour au bureau.

— Je sais.

C'était une bonne chose, selon lui. Ça voulait dire qu'elle ne travaillerait plus pour l'entreprise, et que personne au bureau n'aurait besoin de savoir qu'ils se fréquentaient. À supposer, bien sûr, qu'ils continuent de se voir. Il ne pouvait même pas imaginer en rester là avec Mary.

Il la raccompagna jusqu'à la porte, où il dut se faire violence pour ne pas s'emparer à nouveau de ses lèvres.

— Merci encore pour tout, dit-elle, une main sur la poignée.

— Merci à vous pour cette soirée.

Elle allait ouvrir la portière lorsqu'il la retint par le bras. Il lui semblait tout à coup d'une importance capitale de s'assurer qu'il s'agissait bien du début de quelque chose et non d'une fin.

— Est-ce que ça vous dirait qu'on ressorte ensemble… un de ces jours ? Quand ça nous arrangera tous les deux ? Je sais que vous voyez quelqu'un, donc si jamais j'empiète sur les plates-bandes d'un autre, je m'en excuse.

— Ça me plairait beaucoup, répondit-elle sans hésitation.

À en juger par le sourire qui illuminait son visage, elle en avait autant envie que lui.

— Et ce type que vous voyez… ?

Il laissa la question en suspens, impatient de connaître la réaction de Mary. Elle contourna la question.

— Vous aussi, vous fréquentez quelqu'un, si je ne m'abuse. Cette femme que vous avez rencontrée sur Internet.

Merry.

Jayson aurait pu se donner des claques. Elle lui était complètement sortie de l'esprit.

— Oui, bien sûr. Il faut que j'éclaircisse ça.

Mary sourit et l'embrassa sur la joue.

— Moi aussi, j'ai une relation à éclaircir.

Il attendit qu'elle rentre pour retourner à sa voiture et repartir au centre-ville.

De retour à son appartement, Jayson décida de se connecter au tchat, au cas où Merry lui aurait laissé un message.

Il en trouva deux, mais qui avaient été écrits par Patrick.

Jay, Merry est encore au travail. Elle ne sera pas là quand tu voudras lui parler. Je voulais te prévenir. Papa a ramené un puzzle et on va le monter à Noël. On fait ça tous les ans. C'est rigolo, mais moi je ne suis pas très bon pour trouver les pièces. Riri m'aide. Stp, tu ne dois pas en vouloir à Merry. Et ne lui dis pas que je t'ai envoyé un message, OK ?

Ainsi, pendant qu'il était sorti avec une autre femme, Merry avait fait des heures supplémentaires. Jayson éprouva une pointe de culpabilité. Pas qu'il ait quoi que ce soit à se reprocher. Non, il se sentait juste coupable d'avoir complètement oublié Merry en compagnie de Mary.

Se laissant aller contre le dossier de son siège, il fixa l'écran avec un petit sourire. Comme l'avait dit Cooper, il n'y avait que lui pour fréquenter deux femmes au même prénom. Désormais, il avait une décision à prendre et semblait savoir de quel côté son cœur balançait.

13

Merry

Merry se sentait merveilleusement bien à son réveil samedi matin. Sa soirée avec Jayson avait dépassé tout ce qu'elle aurait pu imaginer.

Et ce baiser inoubliable…

Rien que de repenser aux lèvres de Jayson, elle sentait une douce chaleur l'envelopper. Elle ne s'était jamais douté qu'un simple baiser puisse lui faire éprouver tant de choses. Elle aurait voulu pouvoir presser ce souvenir sur son cœur.

Leur temps passé ensemble avait été parfait du début à la fin… Merry avait adoré se balader avec lui, partager un cornet de marrons chauds, s'arrêter devant les vitrines, écouter la chorale victorienne, admirer les décorations de Noël… Elle ne se rappelait pas avoir déjà vécu une soirée plus magique, et ça n'avait aucun rapport avec le restaurant chic. Jayson était la seule raison de son euphorie. Le dîner avait juste été la cerise sur le gâteau.

Lorsqu'ils s'étaient garés devant la maison, elle avait été tentée de lui avouer qu'elle était la Merry de Lucky Wink. Mais il l'avait embrassée, et... voilà.

Merry s'étira avec volupté sous les couvertures. Il faudrait vraiment qu'elle se lève pour aller aider sa mère, mais son lit était si douillet...

Finalement, c'est la voix son frère derrière la porte qui la tira de ses rêvasseries.

— Merry ?

— Oui, Patrick ?

— Je peux entrer ?

— Bien sûr.

Elle se redressa sur son lit, resserrant les couvertures autour d'elle pour ne pas être exposée au froid. Patrick entra, les yeux rivés sur le sol. Aïe, ça voulait dire qu'il avait quelque chose à se reprocher.

— Patrick ?

— On est samedi, lança-t-il.

— Je sais.

Comme son frère continuait d'éviter soigneusement son regard, elle demanda :

— Est-ce qu'il y a quelque chose que tu veux me dire ?

Il secoua vigoureusement la tête. Puis, écarquillant les yeux d'horreur, il tourna la tête, comme s'il craignait que Merry lise dans ses pensées et devine son mensonge.

— Alors pourquoi est-ce que tu n'arrives pas à me regarder ? insista-t-elle.

Il se mit à danser d'un pied sur l'autre.

— Parce que si je te regarde, tu vas savoir.

— Savoir quoi ?

Patrick hésita encore quelques instants, avant de baisser les épaules avec un énorme soupir.

— OK, je vais te le dire. Hier soir, quand tu es sortie avec ton méchant patron…

— Il n'est pas méchant. Je ne le connaissais pas, c'est tout.

L'air peu convaincu, Patrick continua sur sa lancée.

— Je suis allé sur Lucky Wink et j'ai laissé un message à Jay.

Merry réprima un sourire. Voilà qui promettait d'être intéressant.

— Est-ce que tu lui as dit que j'étais en rendez-vous avec un autre homme ?

— Non ! s'écria Patrick, les yeux ronds comme des balles de golf. Je n'aurais pas fait ça. Il aurait été triste.

Elle reconnaissait bien là son frère : toujours gentil et soucieux de ne blesser personne.

— J'ai dit que tu étais encore au travail et qu'il ne devait pas t'en vouloir. Mais ne t'en fais pas, s'empressa-t-il d'ajouter, je ne lui ai pas dit *pourquoi* il t'en voudrait. Je n'ai pas fait une bêtise, hein ?

— Non, c'est bon.

— Ah oui, et j'ai aussi parlé du puzzle de Papa qu'on va faire à Noël, même que tu m'aides à trouver les pièces parce que sinon je m'énerve. Je n'ai pas dit exactement ça, mais c'est ça que je pensais. Tu n'es pas en colère contre moi, dis ?

— Mais non, voyons. Qui pourrait se mettre en colère contre toi ?

— Sophie, rétorqua-t-il. Elle a voulu m'embrasser au bal de Noël et je n'ai pas voulu parce que plein de gens nous regardaient et elle s'est mise en colère.

— Oh non ! Est-ce qu'elle t'en veut encore ?

Son frère secoua la tête, l'air espiègle.

— Non, je l'ai embrassée dans le noir après.

Forcément, Merry repensa aussitôt au baiser qu'elle avait échangé avec Jayson et un soupir lui échappa. Elle se força à couper court à sa rêverie. Ce n'était pas le moment !

Elle suggéra donc l'une des activités préférées de son frère.

— Ça te dirait qu'on prépare des biscuits ce matin ?

Patrick sourit jusqu'aux oreilles.

— Est-ce qu'on peut faire ceux où on enfonce le pouce pour faire un trou ?

— Bien sûr. C'est parti pour des sablés fourrés.

La journée passa en un éclair. Après avoir préparé des biscuits à deux, Merry et son frère allèrent les distribuer aux voisins qui donnaient régulièrement un coup de main à Patrick et leur mère. C'était un petit geste pour les remercier de leur aide.

Dans l'après-midi, Merry se chargea des courses de la semaine au centre commercial le plus proche. Mais alors qu'elle s'apprêtait à retourner à la voiture avec son caddie plein, elle s'arrêta net devant une boutique. Une robe avait retenu son attention dans la vitrine. Une robe de soie rouge à manches longues qui s'arrêtait à mi-cuisses, avec des bordures en dentelle. Simple mais élégante, et parfaite pour les fêtes.

Un fol instant, Merry s'imagina révéler son identité à Jayson dans cette robe, à la fête de Noël du bureau de lundi soir, où il l'attendrait avec impatience. Il y aurait de la musique, du champagne, de la magie dans l'air. Leurs regards se croiseraient dans la foule. Elle le rejoindrait d'un pas nonchalant dans sa robe rouge, et Jayson serait incapable de la quitter des yeux, hypnotisé par le roulement sensuel de ses hanches. Et lorsqu'il comprendrait avec stupeur que la femme qu'il avait rencontrée en ligne n'était autre que celle qu'il avait embrassée trois jours plus tôt, il s'empresserait d'aller à sa rencontre et la prendrait délicatement dans ses bras. Puis, comme dans *Vous avez un message*, l'un des films romantiques préférés de Merry, il lui soufflerait à l'oreille : « Je voulais que ce soit vous. »

On peut toujours rêver, pas vrai ?

Merry savait bien que c'était un peu bête et totalement irréaliste. Pourtant, le fantasme s'attarda dans son esprit. Elle mourait d'envie d'entrer dans la boutique pour essayer la robe.

Mais au lieu de céder à la tentation, elle poussa son caddie jusqu'au parking, rangea les courses dans le coffre de la voiture et rentra à la maison.

Samedi soir, Merry se connecta au tchat à 20 h 30, leur heure habituelle. Jay était déjà en ligne.

Salut.

Salut ! Ça m'a manqué de ne pas te parler hier soir. Ne me dis pas que tu as dû rester tard au bureau à cause de ton grand méchant patron dont tu te plains tout le temps.

Je ne m'étais pas rendu compte que je me plaignais de lui à ce point-là.

Tu n'arrêtais pas avant, mais moins récemment.

Oui, j'ai changé d'avis à son sujet.

Ah ?

Il n'est pas si mal. J'en suis même venue à bien l'aimer, en fait.

J'ai toujours visualisé un vieux ronchon quand tu parlais de lui. Ce n'est pas le cas ?

Du tout. Jeune, ton âge, et séduisant aussi.

Il y eut une pause avant la réponse de Jay.

Est-ce que tu essaies de me rendre jaloux ?

Pas vraiment. Je pense juste qu'on a tous besoin de s'attarder sur les qualités des autres plutôt que sur leurs défauts, surtout à cette période de l'année.

Ah, Noël. Mais qu'ont donc toutes les femmes avec Noël ?

Merry relut le message deux fois, pas sûre de savoir si Jayson était sérieux ou non. On aurait presque dit qu'il se moquait de son esprit de Noël.

Finalement, elle décida de ne pas se vexer.

C'est vrai que j'adore Noël.

D'ailleurs, j'attends avec impatience qu'on se rencontre.

Oh ?

Tu m'avais promis « avant la fin de l'année ». Il est temps.

C'est vrai.

Plus que temps, même. Je ne veux pas encore reporter.

Je comprends.

Bien.

Dis-moi où et quand et j'y serai.

Jayson répondit presque aussitôt.

Ma boîte organise sa soirée de Noël lundi soir. Tu devrais venir.

Comme il lui donna l'adresse et l'heure, Merry répondit sans hésiter :

Je serai là.

J'ai hâte de te rencontrer enfin.

Moi aussi.

Après ça, ils continuèrent de tchatter jusqu'à ce que Patrick annonce qu'il avait besoin de l'ordinateur pour envoyer un email à Sophie. Si ça n'avait tenu qu'à Merry, elle aurait offert un autre ordinateur portable à son frère pour que leur famille ne soit plus obligée de se partager celui-ci ; malheureusement, ce n'était pas un achat qu'elle pouvait se permettre pour le moment. Alors, puisque c'était elle qui avait tendance à monopoliser le seul ordinateur de la maison le soir, il fallait bien qu'elle cède sa place sans protester quand on le lui demandait.

Dimanche matin, toute la famille se leva de bonne heure pour aller à l'église. Puisqu'il s'agissait du dernier dimanche avant Noël, la chorale allait interpréter une cantate. Patrick était excité comme une puce, et son enthousiasme contamina Merry bien qu'elle n'ait presque pas fermé l'œil de la nuit.

Elle avait été trop occupée à planifier la meilleure façon de révéler son identité à Jayson à la fête du bureau. Elle comptait lui faire la surprise, mais ne voulait pas non plus risquer de le blesser ou l'humilier en s'y prenant mal. Elle regrettait tant de lui avoir caché la vérité si longtemps… Le duper n'avait jamais été son intention ; elle s'était laissée dépasser par les événements. À présent, tout dépendait de la réaction de Jayson.

Merry l'avait imaginé accueillir la nouvelle avec un large sourire, puis la prendre dans ses bras et avouer qu'il avait deviné qui elle était dès le début.

C'était le meilleur scénario. Et le moins probable.

Elle avait aussi envisagé le pire. Dans cette version, Jayson lui jetait un regard froid et méprisant et l'accusait d'avoir voulu le tourner en ridicule.

En éternelle optimiste, Merry choisissait de croire à la première option. Elle n'était pas entièrement convaincue que la vérité ravirait Jayson. Mais bon, l'espoir faisait vivre.

Après l'église, le téléphone fixe sonna pendant que Merry préparait le repas. Sa mère décrocha et vint dans la cuisine pour lui passer le combiné sans fil.

— C'est pour toi.

— C'est qui ?

— *Il* n'a pas précisé, répondit Robin d'un ton appuyé.

Il ? Voilà qui piqua la curiosité de Merry.

— Allô ?

— Salut.

Son cœur bondit dans sa poitrine. C'était Jayson.

— Bonjour, répondit-elle dans un souffle un peu tremblant.

Elle se sentait toute chose, un peu comme le jour où Mason Dunlap, un garçon qui lui plaisait au collège, lui avait téléphoné.

— J'ai demandé votre numéro aux ressources humaines il y a une dizaine de jours, expliqua Jayson, au cas où j'aurais encore eu besoin de votre aide sur le rapport pendant le week-end dernier. J'espère que ça ne vous dérange pas. Bref, j'appelle pour vous dire que je vais rencontrer Merry.

— Merry ?

— Oui, la femme que j'ai rencontrée sur Internet.

— Oh.

Merry sentait son cœur tambouriner dans sa poitrine.

— Vous avez eu raison de suggérer qu'on éclaircisse nos relations respectives, vous et moi, reprit Jayson. Je lui ai donné rendez-vous.

— Elle vous a fait faux bond une fois, hasarda-t-elle. C'est ce que vous m'avez dit pendant le dîner. Si je peux me permettre, c'était assez vache de sa part. Vous pensez que ça va marcher, cette fois ?

Cette conversation la rendait si nerveuse qu'elle sentait son sang pulser dans une veine de son cou.

— Je n'en sais rien, avoua Jayson.

— Je parie qu'elle va venir, cette fois.

— C'est à elle de décider. Si elle me pose encore un lapin, il faudra bien que je me rende à l'évidence : cette relation était vouée à l'échec.

— Vous m'avez pourtant dit beaucoup aimer tchatter avec elle.

— C'est vrai, reconnut-il du bout des lèvres avant de changer brusquement de sujet. Je vous appelais aussi pour savoir comment les choses se présentaient de votre côté.

Autrement dit, il demandait si elle avait pris une décision concernant sa relation avec… Jay.

— Je… Je n'ai pas encore eu l'occasion… se mit-elle à bafouiller. Ça ne fait même pas encore deux jours, vous savez, et…

Merry laissa sa phrase en suspens. Elle ne savait pas quoi ajouter pour se justifier.

Sa conscience lui soufflait d'expliquer sur-le-champ que Mary et Merry étaient la même personne. Seulement, elle ne se voyait pas avouer ça à Jayson par téléphone.

— Je comprends, dit-il, une pointe de déception dans la voix. Avez-vous passé un bon week-end jusqu'ici ?

— Oui, très bon. Et vous ?

Il poussa un petit soupir et esquiva la question.

— Ça m'a fait plaisir d'apprendre à vous connaître un peu, Mary. Vous ne méritez que des bonnes choses.

— Moi aussi, j'ai passé un bon moment, répondit-elle timidement.

Merry commençait à lui raconter ce qu'elle avait fait pendant le week-end lorsqu'un bip sur la ligne indiqua un double appel.

— Il faut que je vous laisse, affirma-t-elle à contrecœur.

Bip.

— Vous ne pourrez vraiment pas venir à la fête du bureau, demain soir ? s'empressa de demander Jayson.

— Non, désolée.

Elle se rendrait à la fête, bien sûr, mais en tant que Merry, la Merry d'Internet, pas Mary l'intérimaire.

— Bon, répondit-il, eh bien, on se verra quand même dans la journée.

Bip.

— Au revoir, Jayson.

— À demain.

Il raccrocha et Merry prit l'autre appel. Il s'agissait d'une amie de sa mère. Elle alla donc lui rendre le combiné dans le séjour, puis retourna préparer le repas dans la cuisine.

Inévitablement, ses pensées se tournèrent de nouveau vers la fête du bureau. Pourvu que tout se passe pour le mieux.

14

Jayson

Lundi ne fut pas une journée des plus productives pour Jayson. Entre sa rencontre à venir avec Merry et la fin imminente du contrat de Mary, il était une vraie boule de nerfs.

Le matin, en passant devant le service de saisie de données, il avait remarqué que les collègues de Mary lui avaient apporté un petit gâteau pour fêter son dernier jour dans l'entreprise. Jayson n'avait pas réussi à voir son visage, mais il se doutait que l'attention avait dû la toucher.

Planté devant la fenêtre de son bureau, il repensa à leur dîner, vendredi soir. Ils avaient discuté, entre autres, de leurs aspirations respectives pour l'avenir. Si, de son côté, il s'était surtout concentré sur l'aspect professionnel – principalement parce qu'il ne savait pas vraiment lui-même ce qu'il espérait sur le plan personnel –, Mary, elle, avait mentionné sa famille. Elle en avait parlé avec tant de tendresse dans la voix que, même sans entrer dans les détails, Jayson avait compris qu'elle tenait à eux comme à la prunelle de ses yeux. Il avait cru deviner qu'ils ne roulaient pas sur l'or, mais que ça ne les empêchait pas d'être heureux. Nul doute que Mary fonderait un jour une famille tout aussi aimante avec l'homme qui aurait la chance de l'épouser.

De Mary, les pensées de Jayson dérivèrent automatiquement vers Merry. Allait-il enfin la rencontrer ce soir ? Si elle lui faisait encore faux bond, il supprimerait son compte Lucky Wink et relèguerait toute cette expérience au rang d'amère leçon.

Mais il n'avait pas envie de la rayer de sa vie. Il tenait sincèrement à elle.

Le problème, c'était que Mary lui plaisait beaucoup aussi. Elle hantait toutes ses pensées depuis vendredi.

Jayson se sentait tiraillé entre les deux femmes. D'une part, il y avait Merry, qui était plus qu'un béguin passager. Il avait passé plus de temps à apprendre à la connaître que toute autre femme avec qui il était sorti.

Sorti.

C'était bien l'aspect le plus fou de cette relation. Ils n'étaient jamais *sortis* ensemble. Il ne savait même pas à quoi elle ressemblait. Et pourtant, il avait le sentiment de la connaître.

Mais d'autre part, il y avait Mary. Mary qui lui avait tenu tête plus d'une fois au bureau. Les choses avaient changé si vite entre eux. Même s'il la connaissait encore assez peu, ce qu'il éprouvait pour elle était sincère. Il se sentait bien en sa compagnie. Avec elle, il pouvait être lui-même.

Avec un long soupir, Jayson retourna s'asseoir à son bureau, sans toutefois se remettre au travail. Après ce soir, il pourrait enfin y voir plus clair, il en était convaincu. D'ici là, il n'y avait qu'une seule personne à qui il avait envie de parler : Cooper.

Il lui téléphona aussitôt.

— Joyeux Noël, lança son cousin en guise de salutations.

Ce n'était encore que le 23 décembre, mais peu importait.

— Idem, répondit Jayson en s'installant plus confortablement dans son siège.

— Je te parie que je sais déjà pourquoi tu m'appelles : tu as enfin rencontré la femme de tes rêves.

— Non.

— Non, tu ne l'as pas encore rencontrée, ou non ce n'est pas la raison de ton appel ?

— En fait, je suis censé rencontrer Merry ce soir.

Parler de ces choses-là était étrange pour Jayson. Il n'avait jamais vraiment eu l'habitude de discuter de sa vie intime, pas même avec son meilleur ami. Il préférait garder ça pour lui, d'autant que sa carrière avait toujours eu bien plus d'importance à ses yeux. Mais maintenant que son cœur balançait entre deux femmes, il avait besoin des lumières de Cooper.

— Il serait temps ! répondit celui-ci. Tu crois qu'elle va se pointer, cette fois ?

Jayson se pinça l'arête du nez.

— Qui sait ? Mais pour être honnête, je ne sais même pas si j'espère ou non qu'elle vienne.

— Comment ça ?

— Je suis sorti avec une autre femme vendredi soir, avoua-t-il.

— Celle que tu as mentionnée la dernière fois ? L'autre Mary ?

— Ouais.

L'image de Mary, aux anges, offrant son visage à la neige, s'imposa dans son esprit et fit naître un sourire sur ses lèvres. Chaque fois qu'il repensait à leur soirée à deux, une sensation étrange s'emparait de lui. Une sorte d'euphorie telle qu'il n'en avait encore jamais éprouvée et qui répandait une douce chaleur en lui. Il avait adoré chaque instant en sa compagnie et, même si c'était peut-être égoïste de sa part, il ne voulait pas en rester là. Il en voulait plus. Beaucoup plus.

La voix de Cooper le fit revenir sur terre.

— Qu'est-ce qui t'attire chez elle ? À part son nom, je veux dire.

— Très drôle, marmonna Jayson. Déjà, elle est intelligente, drôle et on ne peut plus naturelle. C'est aussi une bosseuse ; son boulot est irréprochable et…

— Hé, je ne cherche pas à l'embaucher. Je veux savoir à quoi elle ressemble.

— Cooper, une femme ne se résume pas à son physique.

Dire ça le faisait peut-être passer pour un donneur de leçons, mais ce n'en était pas moins vrai. S'il y avait bien une chose que Lucky Wink lui avait apprise, c'était que le physique n'avait aucune importance. Ne pas savoir du tout à quoi Merry ressemblait l'avait un peu dérangé au début, mais pas depuis qu'il avait appris à la connaître. C'était sa personnalité qui l'avait attiré, qui avait capté son attention et lui avait donné envie de retourner lui parler soir après soir. Et puis, l'anonymité du clavier avait permis à Jayson de baisser sa garde et d'être lui-même. Merry n'avait aucune idée de son physique ou de sa fortune, ni même qu'il allait un jour hériter d'une entreprise.

— Je sais bien, vieux, rétorqua Cooper. Mais si elle est agréable à regarder, ça ne peut pas faire de mal.

— Qu'est-ce qui t'a attiré chez Maddy ?

Jayson la voyait encore à douze ans avec sa tignasse frisée auburn et son appareil dentaire. Pas vraiment ce qu'on pouvait appeler une beauté conventionnelle.

— Mec, tu as vu sa photo, tu sais qu'elle est devenue hyper canon ! Plus que ça, elle est magnifique, ajouta Cooper avec tendresse avant de pouffer de rire. Bon, c'est vrai qu'elle a toujours sa crinière rousse qui part dans tous les sens, mais ça fait partie de son charme. J'aime Maddy plus que tout au monde, je veux passer le restant de mes jours avec elle et je ne dis pas ça à la légère. Je ne commets pas la même erreur que nos parents, Jay. Maddy, c'est la bonne, vieux. C'est la femme de ma vie.

Jayson imaginait déjà son cousin avec deux ou trois enfants avec la même touffe auburn que leur mère. Cette idée le fit sourire si fort qu'il en eut mal aux joues.

— Je comprends.

C'était la vérité. Oui, il avait émis des réserves quand Cooper avait annoncé vouloir se marier. Mais Jayson se rendait compte, à présent, qu'il n'était plus réfractaire au mariage comme avant. Toutes les familles n'étaient pas aussi dysfonctionnelles que la leur. Tous les mariages ne se terminaient pas en divorce. Si son cousin était prêt à prendre le risque de sauter le pas avec Maddy, comment Jayson pourrait-il le juger ? En fait, il était même admiratif. Il commençait à penser que l'avenir lui réservait peut-être, à lui aussi, une femme et des enfants.

— Bon, reprit Cooper, est-ce que tu vas enfin me dire à quoi ressemble cette autre Mary ?

— Elle fait un peu moins d'1,70 mètre. Mince. Cheveux châtains, yeux marron. Et elle a la plus adorable des fossettes, juste au coin des lèvres. Une seule. Elle apparaît quand elle sourit et parfois aussi quand elle est agacée. Et dans ces cas-là, je suis tout bonnement incapable de détacher mon regard d'elle. La fossette, je veux dire…

— La fossette, oui, bien sûr, railla Cooper. Écoute, Jay, tu as l'air mordu de cette fille du bureau.

— C'est le cas.

Pourquoi mentir ? Embrasser Mary lui avait fait complètement oublier Merry. Mais quand il avait tchatté avec Merry le lendemain, ses sentiments pour elle lui étaient revenus en pleine face comme un boomerang.

Jayson repensa à la fois où Cooper et lui avaient fait du canot pneumatique sur le Puget Sound, un jour où le bras de mer était particulièrement agité.

Ils avaient été ballottés par la houle vers le haut, puis vers le bas, encore et encore.

Son cœur faisait la même chose, ces derniers jours.

Il voulait Mary.

Puis il voulait Merry.

— Alors, c'est le grand soir, dit Cooper. Où est-ce que tu as donné rendez-vous à ta Merry d'Internet ?

— À la fête de Noël du bureau.

— Hou là ! Tu crois que c'est une bonne idée ? Comment est-ce qu'elle va te reconnaître parmi tous ces gens ? Et puis, l'autre Mary va être là aussi, non ?

— Tu oublies qu'elle me connaît déjà, Cooper, lui rappela Jayson. Et non, Mary ne sera pas là, ce qui n'est pas plus mal. Elle a dit qu'elle avait autre chose ce soir.

— OK. Bon, en tout cas je suis curieux de savoir comment ça va se passer et ce que tu vas décider.

— Décider ?

— Oui, qui tu vas choisir entre Merry et Mary. Tiens-moi au parfum, OK ?

— Ça roule.

Jayson raccrocha et se rendit compte avec surprise qu'il était déjà l'heure de se rendre à la fête du bureau. L'entreprise avait loué une salle de l'hôtel Four Seasons et fait appel à des professionnels pour se charger de toute l'organisation. Même si le budget alloué à la réception ne permettait pas que des produits haut de gamme, l'oncle Matthew n'avait pas lésiné sur les moyens. Et puisqu'il s'agissait du dernier jour de travail avant deux jours de congés payés – voire une semaine complète pour ceux qui avaient pris part au projet Boeing –, la plupart des convives allaient venir directement après le bureau sans se changer.

Lorsque Jayson arriva au Four Seasons, la salle était déjà remplie d'employés accompagnés de leurs conjoints. Des serveurs déambulaient dans la foule avec du champagne et des plateaux de canapés en tous genres. Un sourire plaqué sur le visage, Jayson accepta une coupe de champagne (pas mauvais pour sa gamme de prix) mais refusa toutes les mignardises qu'on lui présentait. Il n'était pas d'humeur à manger.

Impatient de se débarrasser de ses obligations, il alla saluer le personnel de l'hôtel, puis fit quelques tours de salle pour échanger des politesses avec les cadres dirigeants et d'autres collègues. Une fois son devoir rempli, Jayson se planta dans un coin et parcourut la foule du regard tout en sirotant son champagne.

Il reconnut bon nombre de ses employés, même s'il ne parvenait pas à mettre un nom sur tous les visages. Il n'y en avait qu'un qu'il espérait trouver. Un qu'il n'avait encore jamais vu…

— Joyeux Noël, lança une voix familière à ses côtés.

Tournant la tête, Jayson fut surpris de se retrouver face à Mary, tout sourire. Il avait été si occupé à essayer d'identifier Merry qu'il n'avait pas vu Mary se joindre à lui. Un instant hypnotisé par sa fossette, il se ressaisit et fronça les sourcils. Que faisait-elle ici ?

— Joyeux Noël. Mais… je croyais que vous ne pourriez pas être des nôtres ?

— Il y a eu un changement de dernière minute.

— Excellente nouvelle. J'espère que vous passez une bonne soirée. Je vois que vous avez les mains vides, avez-vous goûté au champagne ?

À peine eut-il posé la question que Jayson se remit à scruter la foule. Il ne fallait pas qu'il rate Merry !

— Pas encore, répondit Mary. En fait, j'avais un petit cadeau pour vous…

Il lui jeta un bref coup d'œil.

— Ah ?

— Je vous ai préparé des biscuits. Je suis passée à votre bureau pour vous les offrir, mais Mrs Bly m'a dit que vous étiez déjà parti à la fête, alors c'est à elle que je les ai confiés en attendant.

— Vous n'étiez pas obligée, mais merci.

— Eh bien, je vous avais dit que je comptais vous en offrir.

Vraiment ? Jayson n'en avait aucun souvenir. Il avait dû ne l'écouter que d'une oreille à ce moment-là.

Un peu comme maintenant. Même s'il était heureux de discuter avec Mary, son attention était rivée sur les convives. Où Merry se cachait-elle ? Il commençait à désespérer.

— Merry est ici, quelque part, expliqua-t-il pour ne pas paraître trop impoli. Du moins, je l'espère.

— Elle se trouve peut-être juste sous votre nez.

— Possible, mais j'en doute. Je l'aurais déjà reconnue. Jusqu'ici, je n'ai croisé que des visages familiers. Les seules femmes que je n'avais encore jamais vues accompagnent clairement leurs conjoints.

Mary émit un petit rire qui surprit Jayson.

— Pensez-vous vraiment pouvoir la reconnaître ? demanda-t-elle.

— Eh bien, je ne sais pas à quoi elle ressemble, mais je devrais être capable de repérer un visage inconnu dans la foule.

— Mais vous l'avez peut-être déjà vue…

— Apparemment, c'est le cas. Elle m'a dit qu'elle me connaissait, donc j'ai déjà dû la rencontrer à mon insu.

Il ne comptait plus les heures passées à essayer de déterminer où leurs routes avaient pu se croiser ; sans succès. Il s'en souviendrait sans doute en la voyant.

— Savez-vous que les ressources humaines ont mal orthographié mon prénom sur la plaque de mon bureau ? reprit Mary.

Jayson fronça les sourcils. Pourquoi mentionner une telle erreur maintenant, alors que son contrat venait de se terminer ?

— L'avez-vous signalé aux RH ?

— Oui, deux fois. Mais on m'a répondu que, puisque je n'étais qu'une intérimaire, ça ne valait pas le coup de faire corriger la plaque.

— Je suis désolé. Si vous m'en aviez fait part plus tôt, j'aurais fait le nécessaire pour vous fournir une autre plaque.

C'était trop tard, à présent.

— Ce n'est pas sans raison que j'aborde le sujet, Jayson. Il y a une chose que vous devriez savoir…

— Je la vois, haleta-t-il en repérant une inconnue dans la salle.

C'était une femme seule qui semblait chercher quelqu'un. L'instant d'après, son regard s'arrêta sur Jayson, et elle se dirigea droit vers lui avec un petit sourire en coin.

C'était forcément Merry. Bon sang, qu'elle était belle ! Absolument superbe. Elle portait une robe rouge qui moulait ses courbes grâcieuses et des talons aiguilles qui lui faisaient des jambes interminables… La perfection même.

D'instinct, il fit un pas dans sa direction.

— Jayson, dit Mary en le retenant par le bras, ça ne peut pas être elle.

C'est à peine s'il l'entendit. Il était totalement hypnotisé par cette créature de rêve. La beauté de Merry dépassait encore tout ce qu'il avait pu imaginer.

Ce qui le perturbait, en revanche, c'était qu'il ne se rappelait pas l'avoir jamais croisée. Comment était-ce possible ? Une femme comme elle ne s'oubliait pas !

— Elle porte ma robe, s'étrangla Mary alors que Merry arrivait à leur hauteur.

Cette remarque incongrue réussit à tirer Jayson de sa transe. Il se tourna vers Mary, interloqué.

— Quoi ?

— Ma chère, rétorqua Merry en arquant un sourcil parfaitement épilé, je vous assure qu'il s'agit bien de *ma* robe.

Le visage de Mary prit une teinte qui avait de quoi rivaliser avec la tenue du père Noël.

— Je sais, je suis désolée. C'est juste que je l'ai remarquée dans une vitrine l'autre jour et j'avais très envie de l'acheter.

Elle se tut et lança un regard triste à Jayson.

— Elle est très belle… Je vais vous laisser faire connaissance.

— Merci, répondit Merry avec un sourire cordial.

Mary tendit alors une carte à Jayson.

— Joyeux Noël… Je comptais vous laisser ça avec les biscuits, mais en fin de compte, c'est peut-être mieux ainsi.

Interdit, il accepta la carte et regarda Mary s'éloigner sans un mot. Mais dès qu'elle disparut dans la foule, il rangea la carte dans sa veste et se tourna vers Merry.

— Merry, dit-il en prenant sa main dans les siennes. On se rencontre enfin.

— Merry ? répéta-t-elle, son sourire aux dents parfaitement blanches se figeant légérement. Je ne m'appelle pas Merry. Je m'appelle Sylvia. Sylvia De La Rosa. Je suis l'organisatrice que vous avez engagée pour ce soir. Vous êtes bien Jayson Bright, si je ne m'abuse ?

Jayson se crispa de tout son corps.

— Tu… Vous… Vous ne vous appelez pas Merry ?

Il avait l'impression que son cerveau fonctionnait tout à coup au ralenti.

— Non. Sylvia. Je tenais à me présenter et vous demander si vous étiez satisfait de l'organisation.

Il fallut à Jayson un temps honteusement long pour arrêter de la fixer bouche bée et enfin parvenir à produire un son.

— Oui. Oui, tout est parfait.

— Bien. Nous vous remercions de nous avoir accordé votre confiance et nous espérons que vous envisagerez de refaire appel à nous pour vos futurs événements.

— Bien sûr, répondit-il, tâchant tant bien que mal de cacher sa déception et son embarras.

Ils échangèrent une poignée de mains et Sylvia s'en alla superviser les serveurs.

Secoué, Jayson se remit donc à scruter la foule. Toujours aucune trace de Merry…

C'est alors que la remarque étrange de Mary lui revint en mémoire. Les ressources humaines avaient mal orthographié son prénom. Pourquoi lui avait-elle dit ça, au beau milieu de la fête ? Surtout que, franchement, ce n'était pas comme s'il y avait trente-six manières d'orthographier M…

Le cœur de Jayson manqua un battement.

Mary.

Merry.

« Elle se trouve peut-être juste sous votre nez, » avait-elle dit.

Fermant les yeux, il poussa un grognement de frustration. Quel abruti il faisait !

Merry… *Sa* Merry s'était effectivement trouvée juste sous son nez et il avait été trop aveugle pour s'en rendre compte. Quel crétin, mais quel crétin !

Elle avait essayé de le lui annoncer et il ne l'avait pas écoutée. Pire encore, il avait pris l'organisatrice de l'événement pour la femme avec qui il avait passé tant de soirées à tchatter. Il n'osait même pas imaginer ce que Merry/Mary devait penser de lui, désormais.

Jayson grogna de nouveau, un peu plus fort cette fois. La réalité était encore plus désastreuse que tous les scénarios catastrophes qu'il avait imaginés… Il s'était laissé éblouir par une plastique parfaite et avait ignoré la beauté qui se tenait juste à côté de lui. Si seulement il pouvait remonter dans le temps et recommencer cette soirée depuis le début…

Il comprenait mieux désormais pourquoi Merry/Mary avait pris la fuite au Starbucks. Elle était venue pour rencontrer Jay et n'avait trouvé que son patron avec qui elle ne s'entendait pas…

Malgré tout, elle n'était pas entièrement innocente dans cette affaire. Certes, il s'en voulait de la tournure des événements ce soir, mais était-ce sa faute à lui si elle ne lui avait jamais dit que Mary et Merry n'étaient qu'une seule et même personne ? Elle avait eu des dizaines d'occasions de le lui expliquer depuis le jour du Starbucks… et elle avait choisi de lui mentir.

Jayson commençait à avoir du mal à respirer. Il méritait vraiment le prix de l'abruti de l'année.

Il fallait qu'il retrouve Mary/Merry. Elle lui devait une explication. Mais où était-elle passée ? Il n'arrivait pas à la voir depuis le coin où il se tenait.

S'enfonçant dans la foule, Jayson déambula entre les groupes de convives jusqu'à ce qu'il repère un visage familier du service de saisie de données.

— Kelly, interpella-t-il la jeune femme en l'agrippant par les épaules.

— Je m'appelle Kylie.

— Kylie, se corrigea-t-il, agacé. Avez-vous vu Merry ?

— Merry Knight ?

— Oui, s'impatienta-t-il. Merry Smith. Mary Knight. Quel que soit son nom.

— Elle est partie.

15

Merry

Les talons de Merry claquaient furieusement sur le trottoir à chaque pas qui l'éloignait de l'hôtel. Elle se moquait bien de l'air glacial. Elle n'aurait pas pu rester une minute de plus à cette horrible fête.

La soirée n'aurait pas pu être plus catastrophique. Elle avait essayé d'annoncer à Jayson qui elle était, mais il ne lui avait pas accordé la moindre attention. Elle était devenue transparente à ses yeux à l'instant où la femme en rouge était arrivée, sublime, grande, grâcieuse. Un vrai top model, avec son corps parfait, ses cheveux parfaits, son maquillage parfait, ses dents parfaites…

Parfaite jusqu'au bout des ongles.

Merry ne faisait clairement pas le poids face à elle. Si Jayson voulait un top model, une femme sophistiquée, ça voulait dire que leur relation était de toute façon vouée à l'échec. Elle n'aurait jamais pu combler ses attentes, d'autant qu'elle n'était pas du genre à s'apprêter outre mesure juste pour faire plaisir à un homme.

Peu à peu, la colère de Merry laissa place à la déception et elle ralentit l'allure. Elle avait tant espéré que cette soirée se finisse bien…

Sentant des larmes lui brûler les yeux, elle se mordit la lèvre pour se forcer à les contenir. Pas question de pleurer à cause de Jayson ! S'il ne la trouvait pas assez bien pour lui, alors bon débarras ! Elle se savait loin d'être parfaite, mais elle n'avait pas à avoir honte de qui elle était.

— Merry ! s'éleva soudain une voix derrière elle.

Jayson.

Elle décida de l'ignorer et pressa le pas. Si Jayson l'avait mieux connue, il aurait su qu'elle préférait qu'on la laisse tranquille quand elle était dans cet état. Elle discuterait quand elle serait prête, ce qui était loin d'être le cas pour le moment.

— Merry !

Il semblait un peu essoufflé. Avait-il couru depuis l'hôtel ?

Merry continua de l'ignorer, mais il finit par la rattraper.

— Merry, il faut qu'on parle.

— Pas maintenant, rétorqua-t-elle sans le regarder.

— Si, maintenant. J'exige de savoir pourquoi tu ne m'as pas dit plus tôt qui tu étais.

Elle garda le silence, ce qui, manifestement, le frustra encore plus.

— Tu as eu l'occasion d'aborder le sujet un nombre incalculable de fois.

Les yeux rivés sur le trottoir, Merry garda la bouche résolument fermée.

— Tu m'as mené en bateau.

— Je t'ai mené en bateau ? s'emporta-t-elle, faisant soudain volte-face. Je n'ai jamais prévu de te cacher la vérité, figure-toi ! Ce sont les circonstances qui ont fait que je l'ai gardée pour moi. Comment est-ce que j'aurais pu deviner que tu étais mon patron avant de…

Elle s'arrêta en pleine phrase et reprit sa route avec un soupir excédé.

— Oh, et puis, tu sais quoi ? Pense ce que tu veux. Je m'en moque.

— C'est toi qui as refusé de me rencontrer, argua Jayson.

Merry lui jeta un regard noir.

— Ça t'étonne ? À l'époque, tu étais franchement imbuvable au bureau. Et j'ai bien essayé de couper les ponts avec toi sur le site, mais tu ne m'as pas laissée faire. C'est toi qui m'as suppliée.

— *Suppliée ?* ricana-t-il, méprisant. Quand est-ce que je t'ai suppliée ?

— Sur le tchat. Tu m'as écrit « je t'en prie » et… j'ai cédé. Je n'aurais pas dû. J'aurais mieux fait de suivre mon instinct et tout arrêter là, ça aurait été fichtrement moins douloureux.

Merry aurait voulu pouvoir fuir indéfiniment. Malheureusement, ils arrivaient à son arrêt de bus, et elle n'eut d'autre choix que de s'arrêter et de subir les reproches de Jayson.

— Est-ce que tes collègues savent que tu m'as fait passer pour le dindon de la farce ? Est-ce que toute l'entreprise était au courant de ton petit jeu ?

— Évidemment, railla-t-elle, je suis allée le raconter à tout le monde. Je l'ai crié sur tous les toits. J'ai sauté sur l'occasion de te tourner en ridicule. C'est bien mon genre, tiens.

— Réponds-moi franchement, Merry. Est-ce que tu m'as humilié intentionnellement ?

La pointe de douleur dans la voix de Jayson fit regretter à Merry son sarcasme. Il avait l'air de ne pas réussir à déterminer si elle était sérieuse ou non.

— Non, bien sûr, soupira-t-elle. Je n'ai rien dit à personne.

Jayson ferma brièvement les yeux, clairement soulagé.

— Merci pour ça.

Il n'en fallut pas davantage pour dissiper entièrement la colère de Merry.

— Je suis désolée, Jayson. Tu ne t'imagines pas à quel point. Je ne suis pas celle que tu veux. Je pense qu'il vaudrait mieux mettre tout ce fiasco derrière nous.

Jayson détourna le regard avec un profond soupir. Puis il acquiesça, les lèvres pincées.

Merry avait l'impression qu'un poignard lui lacérait le cœur. Le pire, c'était qu'elle ne pouvait s'en prendre qu'à elle-même. Elle avait su qu'ils n'étaient pas faits l'un pour l'autre dès l'instant où elle l'avait vu à la table du Starbucks avec son bouquet de marguerites.

— Dans ce cas, chuchota-t-elle, la tête basse, je suppose qu'il n'y a rien à ajouter.

Elle s'attendait à ce que Jayson fasse immédiatement demi-tour et disparaisse de sa vie. Pourtant, il ne bougea pas. Sentant son regard peser sur elle, elle s'efforça de contenir la douleur qui lui transperçait la poitrine.

C'est lui qui finit par briser le silence.

— Il y a encore une chose qui m'intrigue.

Merry leva les yeux vers lui.

— Quoi ? croassa-t-elle, la gorge nouée.

— Ça.

Et il la saisit par les épaules pour écraser leurs bouches l'une contre l'autre. Merry se figea, trop stupéfaite pour songer à repousser Jayson. Qu'est-ce qui lui prenait ? Pourquoi l'embrassait-il ? Pourquoi *maintenant*, alors qu'ils venaient de mettre un terme à leur histoire désastreuse ?

Pourtant, une fois le choc passé, elle se surprit à ouvrir les lèvres. Se hissant sur la pointe des pieds, elle s'accrocha au cou de Jayson et répondit à son baiser avec fougue. Il avait un goût si enivrant, un mélange de champagne et de désir. L'embrasser lui faisait tout autant d'effet que dans son souvenir.

Et tellement plus encore…

Elle ne saurait dire combien de temps ils s'embrassèrent. Elle avait perdu toute notion de temps. Ce n'est que lorsque quelqu'un les siffla que Jayson s'écarta.

Ils restèrent ainsi un long moment, les yeux dans les yeux, hors d'haleine, trop choqués pour parler.

Merry s'effleura les lèvres du bout des doigts, essayant désespérément de revivre ce baiser incroyable. Malheureusement, elle savait bien qu'il n'avait rien réglé entre Jayson et elle.

— Est-ce que tu as ta réponse ? demanda-t-elle.

Il acquiesça d'un signe de tête.

Puis il tourna les talons et l'abandonna sans un mot.

16

Jayson

Jayson redescendit la rue d'un pas vif. Pourquoi avait-il fallu qu'il embrasse Merry ? Ça n'avait fait qu'empirer les choses. Tout ce qu'il y avait gagné, c'était une soif dévorante de bien plus qu'un simple baiser.

Heureusement que le contrat de Merry était terminé. La revoir au bureau aurait été une véritable torture. Désormais, elle était pour ainsi dire sortie de sa vie. C'était mieux comme ça.

Quel gâchis... Il avait espéré tant de choses pour Merry et lui. Et voilà que tous ses espoirs avaient été anéantis en un clin d'œil, comme une fusée qui s'écrase à peine lancée.

Trop écœuré et abattu pour retourner à la fête de Noël, Jayson rentra chez lui. Ses émotions devaient se lire sur son visage, car le sourire affable de son portier s'envola dès qu'il croisa son regard. Ne voulant pas gâcher la soirée de qui que ce soit d'autre, Jayson s'efforça de contrôler son humeur et salua l'autre homme d'un geste.

C'est alors qu'il remarqua le sans-abri au coin de l'immeuble.

— J'ai alerté les autorités plus d'une fois, assura Peter le portier en suivant son regard, mais il finit toujours par revenir.

Sur un coup de tête, Jayson alla rejoindre le sans-abri, qui leva la tête et le défia du regard.

— Je bouge pas de là. Appelez les poulets autant que ça vous chante, c'est un trottoir public.

Jayson ne chercha pas à le contredire.

— Vous avez un nom ?

— C'est pas vos oignons.

— Je m'appelle Jayson.

— C'était vous avec la fille, l'autre jour ? Celle qui m'a donné le gâteau au chocolat ?

— C'était moi.

Plongeant la main à l'intérieur de son long imperméable pour prendre son porte-feuille, Jayson en sortit un billet de cent dollars et le lui tendit.

— Joyeux Noël.

Le sans-abri le fixa avec des yeux ronds, l'air de se demander s'il était en train de rêver.

— Vous êtes sûr de vouloir me filer ça ?

— Certain.

— Moi, c'est Billy.

— Joyeux Noël, Billy.

Sur ce, Jayson retourna vers l'entrée de son immeuble.

— Joyeux Noël, Jayson ! lança Billy dans son dos.

Peter le dévisagea comme s'il ne le reconnaissait pas, mais lui ouvrit la porte en se gardant de tout commentaire.

Il faisait bon, à l'intérieur. Alors qu'il se dirigeait vers l'ascenseur, Jayson remarqua pour la première fois que le hall d'entrée avait été décoré de guirlandes lumineuses et d'un grand sapin. En comparaison, son appartement lui parut sinistre et glacial quand il en passa le seuil une minute plus tard. Aucune décoration de Noël. Aucune âme. Son appartement était vide et sans couleur. Comme sa vie.

Par habitude, Jayson se servit un verre de vin avant de s'affaler dans son canapé, face à la baie vitrée. Puis il éteignit la lampe et son regard se perdit dans la nuit éclairée par les illuminations de la ville en contrebas. Il s'était mis à neiger. Merry se trouvait-elle à bord de son bus, à cette heure-ci ? Il l'imaginait regarder les flocons tomber par la vitre. À quoi pensait-elle ? Était-elle aussi déçue et abattue que lui ?

Quel fiasco… Dire qu'il connaissait Merry depuis le début. Comment avait-il pu ne pas le deviner ? Il n'en revenait pas d'avoir pu être aussi stupide. Surtout ce soir. Entre le commentaire sur son prénom mal orthographié et son « Elle se trouve peut-être juste sous votre nez », elle le lui avait pratiquement écrit noir sur blanc. Et les biscuits ! se rappela-t-il alors qu'une autre remarque lui revenait soudain en mémoire : « Je vous avais dit que je comptais vous en offrir. » Mais oui, bien sûr ! Elle lui en avait fait la promesse sur le tchat, avant leur premier rendez-vous raté… Bon sang, mais quel abruti de première !

Avec un grognement désabusé, Jayson sortit son téléphone de sa poche pour appeler Cooper. Son ami décrocha à la deuxième sonnerie et un chant de Noël se fit entendre en arrière-plan.

— Alors, cousin ? Est-ce que le grand amour s'est enfin pointé ?

— Ouais.

Cooper retrouva aussitôt son sérieux.

— Qu'est-ce qui s'est passé ?

— Tu es où ? demanda Jayson au lieu de répondre.

— On s'en fiche.

— Cooper !

— Je suis avec Maddy et sa famille. Raconte-moi tout de suite ce qui a tourné au vinaigre.

Jayson soupira.

— Tu te rappelles qu'elle disait me connaître ?

— Ouais, et ?

— Et, pour la faire courte : Merry, c'est Mary.

— Répète un peu, pour voir ?

Jayson se frotta les yeux. Il avait espéré que son cousin comprenne du premier coup.

— M-A-R-Y et M-E-R-R-Y sont la même personne.

— Merry et Mary sont la même personne ? répéta Cooper avec une pointe de sarcasme. La vache, personne ne l'avait vue venir, celle-là.

— Je sais, je sais, j'aurais dû le deviner plus tôt. Mais j'ai merdé, Cooper. J'ai sacrément merdé. Mary a essayé de m'annoncer qui elle était, mais moi j'ai été distrait par une autre femme que j'ai prise pour Merry. Et quand j'ai enfin tilté, je me suis mis en colère et je l'ai accusée de m'avoir mené en bateau.

— Et c'est le cas ? Elle t'a mené en bateau ?

— Je ne sais pas… Avec le recul, ça m'étonnerait.

— Mais elle te plaît toujours, non ?

Jayson poussa un profond soupir.

— Je ne sais plus trop où j'en suis. Elle a suggéré qu'on arrête les frais et j'étais d'accord, parce que ça valait mieux pour nous deux. Sauf que, juste après, j'ai fait un truc archi stupide.

— Quoi ?

— Je l'ai embrassée.

Silence.

— C'était comment ? finit par demander Cooper.

— Sur une échelle de un à dix ? Au moins cent.

Ce n'était pas une exagération. Ce baiser lui avait réellement fait un effet dingue.

Au bout de la ligne, la musique se fit soudain plus lointaine, ce qui voulait dire que Cooper avait changé de pièce.

— Bon, Cooper, je ne veux pas te déranger en pleine fête. On en reparlera une autre fois.

— Ne dis pas n'importe quoi. Écoute, Jay, si tu tiens vraiment à cette femme, ne reste pas là à te morfondre dans ton coin. Arrange les choses entre vous.

— Ouais, ouais…

Le problème, c'était que Jayson ne savait pas par où commencer. La situation était on ne peut plus désastreuse. Merry ne voulait plus entendre parler de lui ; c'était bien elle qui avait suggéré de couper les ponts. Que pouvait-il y faire ? Il devait respecter sa décision.

Cooper continua de lui offrir des conseils, qui tombèrent pour la plupart dans l'oreille d'un sourd. Au bout d'un moment, quand son cousin se rendit compte que Jayson ne répondait que par monosyllabes, il lui recommanda d'arrêter de penser à tout ça et de se coucher tôt. Ils se rappelleraient demain matin pour en rediscuter à tête reposée.

Jayson raccrocha après avoir accepté pour la forme. Quelque chose lui disait qu'il serait incapable de fermer l'œil de la nuit. Il se sentait paralysé, comme si une enclume invisible lui comprimait la poitrine.

Toutefois, après un second verre de vin, il sentit la fatigue le gagner quelque peu – il buvait rarement plus de deux verres. Mais comme il n'était que 21 h 30, il décréta qu'il était trop tôt pour se coucher et il se contenta de s'installer plus confortablement sur le canapé et de fermer les yeux.

Grave erreur : l'image de Merry s'imposa aussitôt à son esprit. Il la revoyait effleurer ses lèvres après leur étreinte passionnée, avec une expression qui lui avait donné envie de se jeter de nouveau sur elle et de la dévorer de baisers pendant des heures.

Jayson se prit le visage à deux mains. Il avait vraiment tout fichu par terre. Comment avait-il pu prendre l'organisatrice de l'événement pour Merry, alors que la femme magnifique dont il était tombé amoureux se trouvait juste à côté de lui ?

Amoureux.

Oui, impossible de le nier. Jayson Bright le célibataire endurci était bel et bien fou amoureux d'une femme. Et il l'avait laissée filer entre ses doigts.

Y avait-il la moindre chance que Merry soit revenue sur sa décision ? Revigoré par un fol espoir, Jayson bondit du canapé et courut s'installer devant l'ordinateur pour se connecter à Lucky Wink. Son cœur s'emballa aussitôt : elle avait laissé un message ! Il l'ouvrit sans attendre.

Tu as fait du mal à ma sœur.

Patrick.

Je ne t'aime plus, et elle non plus.

Continuer de lire ne revenait qu'à se torturer davantage. N'importe qui avec un semblant d'amour-propre se serait sur-le-champ déconnecté pour s'épargner le reste du message. Pas Jayson. Il estimait avoir bien mérité sa punition.

Merry est dans sa chambre et elle ne veut pas me parler, et à Maman et Papa non plus.

Jayson n'était pas étonné. Après une soirée pareille, lui non plus ne se sentait pas vraiment d'humeur bavarde.

Tu as gâché le Noël de ma sœur, alors que c'est une belle personne et que les belles personnes méritent d'être heureuses à Noël. Pourquoi tu as fait ça ? Pourquoi tu lui as fait de la peine ? Je t'aimais bien et Maman aussi t'aimait bien, et même mon papa aussi. On était tous super contents qu'elle passe la soirée avec toi, mais quand elle est rentrée elle avait une drôle de tête. Tu as fait quoi ? Tu as dit quelque chose de mal ? Raconte-moi, parce que Merry ne veut rien dire.

Le cœur lourd, Jayson comprit qu'il lui serait impossible d'arranger la situation. Tout ce qu'il pouvait faire, c'était attendre la fin des fêtes et essayer de trouver un moyen de recoller les morceaux.

Ça va être le pire Noël du monde. Merry est triste et maintenant Maman pense que c'est notre faute à cause de son cadeau d'anniversaire. Mais moi je dis que c'est rien que ta faute. J'espère que tu vas avoir un Noël tout pourri.
Patrick.

Jayson ne doutait pas un instant qu'il allait passer un horrible Noël. Ça ne l'avait jamais dérangé jusqu'ici.

Noël n'avait jamais eu de vraie signification pour lui. Dans le meilleur des cas, il dînait au restaurant avec son oncle. Pour parler affaires.

Avec un soupir, il éteignit son ordinateur et partit prendre une douche qui ne l'aida en rien à se détendre. Il avait l'impression de porter tout le poids du monde sur ses épaules.

Amer, Jayson repensa au fait qu'il avait cru, au tout début, que Merry était un pseudo choisi en référence à « Merry Christmas ». Quelle ironie. Sans Merry, son Noël n'aurait effectivement rien de joyeux.

17

Merry

Merry n'avait pas dormi de la nuit. Lorsqu'elle arriva dans la cuisine le matin du réveillon de Noël, elle fut accueillie par les regards inquiets de ses parents et de Patrick.

— Est-ce que tu es prête à nous raconter ce qui s'est passé avec Jayson ? demanda sa mère avec délicatesse.

Merry se servit un café pour se donner le temps de réfléchir à sa réponse. Elle n'avait pas envie de trop entrer dans le détail, principalement parce qu'elle essayait d'effacer de sa mémoire cette soirée désastreuse. Mais elle ne voulait pas non plus laisser sa famille adorée dans l'ignorance.

Accoudée au comptoir, elle prit une gorgée de café avant de leur offrir un sourire qu'elle voulait rassurant.

— Disons que la rencontre entre Jay et moi ne s'est pas aussi bien passée que je l'espérais.

— On s'en est douté, étant donné ton expression quand tu es rentrée…

Merry comprit qu'elle allait devoir fournir un peu plus d'explications.

— Jayson… n'a pas très bien pris la nouvelle. Il m'a accusée de l'avoir mené en bateau.

— Oh, ma pauvre chérie… Tu lui as dit que ça n'a jamais été ton intention, n'est-ce pas ?

— J'ai essayé, mais je ne pense pas qu'il m'ait crue.

— Tu lui as donné les biscuits qu'on a préparés ? demanda Patrick en soufflant sur son chocolat chaud.

Merry hocha la tête.

— Je les ai confiés à son assistante. Elle a dû les mettre sur son bureau.

— Reprends-les.

— Allons, Patrick, le sermonna leur mère, c'était un cadeau. Donner, c'est donner. Merry, raconte-nous plutôt comment s'est passé ton dernier jour au bureau.

— Super bien. Lauren et Kylie m'ont apporté un gâteau et on a fêté ça. Elles vont me manquer.

— Au moins, commenta sa mère, le fait que tu ne travailles plus pour Jayson va faciliter les choses.

— J'y ai pensé aussi. C'est vrai que ça aurait été horrible de le voir tous les jours.

Jayson aurait certainement évité toute interaction avec elle. Il serait redevenu le patron froid et distant qu'elle avait connu.

— Je déteste te voir dans cet état, renchérit sa mère. Je sais que tu traverses une énorme déception, et je me sens coupable. C'est ton frère et moi qui t'avons impliquée dans toute cette histoire. J'espère que tu sais que ça partait d'un bon sentiment.

— Maman, voyons…

S'avançant jusqu'à la table, Merry referma ses bras autour des épaules de Robin et l'embrassa sur la tempe.

— Ne va pas t'imaginer que j'aurais préféré que rien de tout ça n'arrive. Jay aura toujours une place spéciale dans mon cœur. Je n'ai pas de regrets.

— Tu ne le détestes pas ? s'étonna Patrick.

— Je ne pourrai jamais le détester.

Elle songea aux merveilleux baisers qu'ils avaient échangés. Elle ne les oublierait jamais.

— Mais il t'a fait de la peine, insista Patrick, coupant court à sa rêverie.

— Je suis déçue, oui, mais je crois que Jay était sincèrement déçu, lui aussi. Ce sont des choses qui arrivent. J'aurais peut-être dû faire plus attention avant de tomber amoureuse, mais bon, c'est comme ça. Et comme je viens de le dire, je ne regrette pas un seul instant. Je suis même reconnaissante, parce que Jay m'a aidée à réaliser à quel point j'ai de la chance de vous avoir, tous les trois.

Contrairement à elle, Jay n'avait jamais connu l'amour d'une famille soudée ; il n'avait même jamais eu de vrai Noël.

— À ton avis, il était amoureux de toi, lui aussi ? demanda alors Patrick.

La question méritait réflexion. Après toutes ces soirées sur Internet passées à s'ouvrir l'un à l'autre, à mettre leur cœur à nu, Merry voulait croire que Jayson avait développé des sentiments pour elle. Il n'aurait pas pu faire semblant de s'attacher. Elle non plus, d'ailleurs.

— Je pense que, à sa manière, il était amoureux de Merry, oui. C'est l'autre femme qui a mis le bazar dans son cœur.

— Quelle autre femme ? s'étonna Patrick.

— La Mary qui travaillait avec lui.

— Mais c'est toi.

Son frère ne semblait pas comprendre, ce qui n'avait rien d'étonnant.

— Je sais. Il y a de quoi être un peu perdu.

— Il est perdu, Jay ?

— Je ne crois pas que Jay soit perdu. Mais Jayson, oui, ça ne fait aucun doute.

Patrick fronçait les sourcils à l'extrême. Merry pouvait presque voir les rouages tourner dans son esprit.

— Mais Jay, finit-il par dire, c'est pas Jayson ?

Plutôt que de se lancer dans une longue explication, elle se contenta de hocher la tête.

— Comme je le disais, c'est un énorme cafouillis, autant pour lui que pour moi. Et sans doute pour tous ceux qui sont au courant.

— Bon, c'est le réveillon de Noël, rappela Robin à tout le monde. Les visages tristes sont interdits. J'ai une dinde au frigo ; on va fourrer cette volaille et en faire le meilleur repas de Noël qu'on ait jamais eu.

Patrick retrouva aussitôt le sourire.

— Tu as acheté une dinde ! J'aime trop ça, la dinde !

— Tu aimes tout, s'attendrit Merry en lui plantant un baiser sur le haut du crâne. Qu'est-ce que je peux faire pour aider, Maman ?

Elle était déterminée à ne pas laisser sa peine de cœur plomber l'esprit de Noël de sa famille. Son effort ne sembla pas échapper à sa mère, qui lança un regard lourd de sens avant de répondre, l'air de rien :

— J'aimerais qu'on prépare le plus de plats possible aujourd'hui, pour éviter de passer tout notre temps dans la cuisine demain.

— Bonne idée.

Merry savait que plus elle s'affairerait, moins elle aurait le temps de penser à Jayson et au désastre qu'elle avait causé. Elle préférait reporter son introspection à plus tard, quand elle se sentirait prête à faire face au tumulte d'émotions qui bouillonnaient en elle.

Du moins, elle essaierait.

La liste des tâches de sa mère garda Merry occupée toute la matinée. Ce n'est qu'autour de midi qu'elle se rendit compte qu'elle n'avait pas vu ou entendu Patrick depuis que leur père était sorti faire une course. Elle était pourtant sûre qu'il était resté à la maison. Bizarre, il aimait aider dans la cuisine, d'habitude.

Soupçonnant une nouvelle manigance de son frère, elle se tourna vers sa mère, qui épluchait des pommes de terre à la table.

— Où est passé Patrick ?

— La dernière fois que je l'ai vu, il était en train de jouer sur l'ordinateur.

Bon, ça se tenait. Étant donné le temps qu'elle avait passé à l'ordinateur ces dernières semaines, Patrick n'avait pas eu beaucoup l'occasion de profiter de ses jeux préférés.

— Les paninis sont prêts, je vais aller le chercher.

Merry se rendit dans la chambre de son frère et le trouva assis sur son lit, l'ordinateur portable sur les genoux.

— Patrick ?

Il leva la tête en sursaut, et une lueur coupable se lut aussitôt dans ses yeux.

Oh-oh. Elle ne connaissait que trop bien ce regard.

— Qu'est-ce que tu fais, Patrick ?

Elle avança de quelques pas dans la pièce et son frère reclaqua brusquement l'ordinateur.

— Rien.

— Tu n'aurais pas cet air si tu n'avais rien à cacher, rétorqua-t-elle, l'estomac tout à coup noué. Est-ce que tu étais en train de discuter avec Jay ?

Son frère écarquilla les yeux de stupeur, mais il secoua la tête.

— J'ai promis de ne pas répéter.

— Patrick, soupira-t-elle en se laissant tomber à côté de lui sur le lit. Qu'est-ce que tu as fait ?

— Il m'a fait promettre de ne pas répéter.

— Qu'est-ce que tu lui as dit ? l'implora-t-elle. S'il te plaît, Patrick, il faut que je sache.

Il la regarda un long moment en se mordillant les lèvres.

— Tu promets de ne pas te mettre en colère ?

Merry n'était pas sûre de pouvoir tenir une telle promesse.

— Je vais faire de mon mieux.

— Tu étais triste hier soir et ça m'a mis super en colère, alors je lui ai souhaité un Noël tout pourri, mais j'ai regretté tout à l'heure, alors je lui ai dit que j'ai changé d'avis et qu'il peut passer un bon Noël, et aussi j'ai dit pardon pour toutes les méchantes choses que j'ai dit hier.

Merry posa une main sur le bras de son frère.

— Je suis contente que tu lui aies présenté tes excuses.

— Et aussi, je, euh… bafouilla-t-il, détournant le regard. Je lui ai répété ce que tu as dit tout à l'heure.

— Tu pourrais être plus précis ? J'ai dit beaucoup de choses.

— Juste… que tu n'as pas de regrets et que tu ne peux pas être en colère contre lui. Tu as dit ça, pas vrai ?

Merry acquiesça de la tête, le cœur serré. Elle aurait préféré que Patrick ne répète rien à Jayson. Mais, bien sûr, il pensait bien faire. Alors, plutôt que gronder son petit frère, elle lui rappela que le repas était prêt.

— Tu as fait des paninis au fromage ? demanda-t-il, les yeux plein d'espoir.

Il adorait ça. C'était ce qu'il préférait manger par-dessus tout, sauf peut-être les sandwichs beurre de cacahuète-confiture.

— Ouaip !

Mais lorsqu'elle serra son frère dans ses bras, le sourire forcé de Merry s'effaça. Patrick lui avait-il dit tout ce qu'il avait raconté à Jayson ? Rien n'était moins sûr. Il était tout aussi probable qu'il lui ait révélé autre chose par accident.

— Tu veux bien me promettre une chose ? demanda-t-elle alors avec douceur. N'écris plus à Jay, d'accord ?

Son frère se dégagea de ses bras avec un gros soupir.

— Plus jamais ?

— Fais ça pour moi, s'il te plaît, murmura-t-elle, la gorge nouée.

— Je vais essayer.

Ce n'était pas la garantie qu'elle avait espérée, mais elle s'en contenterait.

Après le repas, tandis que ses parents se reposaient dans le séjour, Merry se porta volontaire pour faire la vaisselle. Patrick resta avec elle dans la cuisine pour jouer avec Bogie.

Elle avait les mains dans l'eau quand on sonna à la porte. Le chien se mit à aboyer d'excitation et il fit la course avec Patrick jusque dans l'entrée. Merry les suivit en s'essuyant les mains sur un torchon, curieuse de voir qui venait leur rendre visite.

C'était Jayson.

Elle laissa échapper un petit cri de stupeur. Bogie lui fit la fête dès qu'il passa à l'intérieur, et Jayson le caressa jusqu'à ce que le chien se calme et retourne dans son panier.

Puis il regarda Merry droit dans les yeux.

— Joyeux Noël.

— Mais… Que…

Elle voulait lui demander ce qu'il faisait ici, mais le choc l'empêchait de parler correctement. Elle resta pétrifiée dans l'entrée, son torchon dans les mains.

Jayson avait bonne mine. Apparemment, il avait dormi comme un bébé, contrairement à Merry qui avait fixé le plafond toute la nuit, rongée par le doute. Qu'aurait-elle pu – *dû* – faire autrement pour éviter le désastre d'hier soir ? C'était la question qui l'avait empêchée de fermer l'œil, et aussi celle qu'elle mourait d'envie de poser à Jayson.

Les mots refusaient de sortir. C'était à peine si elle parvenait à respirer.

Elle ne sortit de sa torpeur que lorsque la voix de sa mère s'éleva depuis le milieu de la pièce.

— Vous devez être Jayson Bright.

Elle lui souriait depuis le fauteuil inclinable, l'air un peu ensommeillé. Toute cette agitation l'avait visiblement tirée de sa sieste.

— C'est bien moi.

Jayson s'avança dans la pièce pour aller lui serrer la main. Il en fit de même avec le père de Merry qui se leva du canapé et dit :

— Vous êtes ici pour ma fille, je présume.

— En effet, répondit Jayson avec un bref regard pour Merry.

— Il est là pour moi aussi ! s'écria Patrick. Je l'ai invité. Maman a dit oui.

— Maman ? répéta alors Merry avec des yeux ronds.

Robin se contenta de se tourner vers son fils.

— Je pense qu'on ferait mieux de se faire oublier quelques minutes pour laisser Merry et Jayson discuter. D'accord ?

Patrick fit une moue boudeuse, mais il hocha la tête.

Retrouvant enfin le contrôle de ses jambes, Merry retourna à la cuisine sans un mot, rapidement suivie de Jayson. Elle s'adossa au comptoir et, convaincue que ses yeux trahissaient les tourments de son cœur, elle attendit qu'il prenne la parole.

— Est-ce que tu as changé d'avis depuis hier soir ? demanda-t-il.

Merry s'efforça d'avaler la boule dans sa gorge.

— Changé d'avis par rapport à nous, tu veux dire ?

Il hocha la tête, son expression indéchiffrable.

— Je suis venu te présenter mes excuses pour tout ce que j'ai dit. Je n'avais pas les idées claires. Tu étais là, juste sous mon nez, et je n'ai pas écouté ce que tu essayais désespérément de m'expliquer. J'ai tourné toute mon attention sur une autre femme, parce que j'étais persuadé qu'elle était celle que je brûlais de rencontrer.

— Elle était magnifique, murmura Merry. Sophistiquée, grâcieuse et…

— Mais elle n'était pas *toi*, la coupa Jayson. Cette femme était peut-être séduisante, mais c'est toi que je veux, Merry. Toi aussi, tu es magnifique, autant à l'intérieur qu'à l'extérieur. Et puis… tu comptes tellement pour moi…

Merry l'écoutait parler, parfaitement immobile. Elle craignait que le moindre mouvement fasse couler les larmes qui lui montaient aux yeux.

— Merry Knight, tu es la femme la plus incroyable que j'aie jamais rencontrée. Je suis raide dingue de toi et de ta fossette.

— Ma fossette, répéta-t-elle, prise de court.

— J'en suis tombé amoureux la première fois que je l'ai remarquée.

— Oh, fit-elle avant d'esquisser un rictus espiègle. Et c'était quand, exactement ?

La question fit sourire Jayson.

— Quand je t'ai vue manger à ton bureau, ce qui est…

— Contraire au règlement, termina-t-elle à sa place.

— Je t'ai fixée avec insistance et tu as soutenu mon regard, mais cette fossette est apparue. Et depuis ce jour, j'ai follement envie de l'embrasser à chaque fois que je la vois.

— Ne dis pas n'importe quoi.

— Bon, ce n'était peut-être pas le cas au début, admit-il, son sourire de plus en plus large. Mais je t'assure que ta fossette me nargue très fort en ce moment même.

Merry ne put s'empêcher de porter la main à sa joue. Il disait vrai.

Jayson finit néanmoins par retrouver son sérieux.

— Après t'avoir laissée hier soir, je suis rentré dans mon grand appartement vide et sinistre, et j'ai compris une chose importante.

— Quoi donc ?

— Il y faisait nuit noire, même avec la lampe allumée. Même avec toutes les illuminations dehors. Tu es la lumière de ma vie, Merry. Mon cœur t'appartient. Il n'y a pas si longtemps, mon cousin m'a annoncé qu'il allait épouser Maddy, une fille qu'on a connue à l'école. Et quand il m'a dit savoir dans son cœur qu'elle était la bonne et qu'il ne voulait surtout pas la laisser filer, j'ai eu du mal à ne pas lever les yeux au ciel.

Un sourire contrit tira brièvement le coin de ses lèvres.

— Mais maintenant, je comprends ce qu'il voulait dire. C'est toi la bonne pour moi, Merry. Si je laisse ma fierté se dresser entre nous, ça pourrait bien être la plus grosse erreur de ma vie, et je ne veux surtout pas prendre ce risque. Ce que j'essaie de dire, c'est…

Jayson eut besoin de prendre une grande inspiration avant d'achever sa phrase.

— Est-ce que tu veux bien me laisser une seconde chance ?

Merry se sentit fondre. Pourtant, une part d'elle refusait de croire à toutes ces belles paroles.

— Mais… Quand tu as pris cette femme pour moi… Tu avais l'air si heureux que « Merry » soit parfaite de la tête aux pieds… C'est une femme comme elle que tu veux, pas moi.

— Je ne m'excuserai jamais assez de ne pas avoir su te reconnaître, Merry. Mais tu te trompes : ce n'est pas parce qu'elle était « parfaite de la tête aux pieds » que j'étais heureux. J'étais heureux parce que je croyais enfin me retrouver face à celle qui compte tant pour moi. Celle qui met tant de joie dans mon cœur. Tu portes vraiment bien ton nom, Merry. Avant de te rencontrer, je menais une vie morne, insipide, sans même en avoir conscience. C'est ta joie de vivre qui m'a fait sortir du noir. C'est toi qui m'as donné goût à la vie.

Jayson n'eut qu'à faire un pas en direction de Merry pour qu'ils se jettent dans les bras l'un de l'autre. Il l'enlaça tendrement, comme si elle était le plus précieux cadeau qu'il ait jamais reçu.

— J'ai su qu'on était faits l'un pour l'autre dès notre première soirée ensemble. Et quand on s'est embrassés… Pitié, dis-moi que tu as ressenti ça, toi aussi ?

Merry acquiesça avec un petit sourire. Elle aussi, elle avait eu le sentiment de se trouver exactement là où elle devait être.

— Je le savais, murmura-t-il avant de l'embrasser à pleine bouche.

Merry l'étreignit comme si elle ne voulait plus jamais le lâcher.

— Maman ! s'écria Patrick dans le couloir. Maman, ils se font des bisous ! C'est bon signe, pas vrai ?

— Très bon signe, répondit Robin.

Alors que toute la famille se mettait à glousser dans la pièce voisine, Merry et Jayson mirent fin à leur baiser avec un sourire amusé.

— Je ne verrai plus jamais Noël de la même façon, lui souffla-t-il à l'oreille. Pas tant que tu feras partie de ma vie.

Leurs lèvres étaient sur le point de se toucher lorsqu'un chuchotement qui n'avait rien de discret les arrêta.

— Ils vont se refaire un bisou !

— Patrick ! le gronda gentiment Merry. Jay et moi, on aimerait bien un peu d'intimité, s'il te plaît.

Son frère baissa le nez et se mit à tortiller ses doigts.

— Je voulais juste voir si tu aimes ton cadeau d'anniversaire, finalement.

— Oh que oui, assura-t-elle en lançant un sourire radieux à Jayson. Vous n'auriez pas pu mieux choisir.

— C'est moi le vrai gagnant, renchérit Jayson.

Il planta un tendre baiser sur les lèvres de Merry avant de se tourner vers Patrick.

— Dis-moi, tu veux bien me donner un coup de main ?

Ravi de se rendre utile, Patrick le suivit jusqu'à sa voiture qu'il avait garée devant la maison. Ils ne tardèrent pas à revenir, les bras chargés de cadeaux magnifiquement emballés qu'ils déposèrent sous le sapin. Et alors que Merry et ses parents échangeaient des regards médusés, Jayson refit un saut à sa voiture, puis réapparut avec un énorme carton qu'il alla déposer dans la cuisine. Curieuse, Merry jeta un œil à l'intérieur. Il était rempli de nourriture, en particulier d'un gros rôti de bœuf.

— Je comptais m'imposer pour le dîner, expliqua Jayson. Ça me paraissait impoli de ne pas apporter le repas.

Bouche bée, Merry explora le contenu du carton : entrées, plats, desserts, fromages, vin… De quoi faire un vrai festin de roi !

— Mais on avait juste prévu de commander des pizzas, ce soir…

— Rôti de bœuf, Merry, intervint tout à coup son père. On va manger du rôti de bœuf. Je pense qu'on survivra sans pizza pour cette fois.

Merry approuva d'un signe de tête. Elle était juste encore sous le choc.

— Tout est déjà cuit, ajouta Jayson. Il suffit juste de réchauffer.

— Seigneur, Jayson, murmura Robin, les mains devant la bouche. C'est beaucoup trop.

— Je tenais à vous remercier d'avoir inscrit Merry sur Lucky Wink. Et Bogie aussi, bien sûr, pour sa modeste contrib…

Un cri de joie l'interrompit tout à coup.

— Maman ! Papa ! Regardez !

C'était Patrick, assis au milieu de lambeaux de papier cadeau au pied du sapin. Il brandissait…

— Un ordi portable ! Jayson m'a offert un ordi rien que pour moi !

— Patrick, le sermonna leur père, tu étais censé attendre demain matin.

— Je sais, je sais. Mais c'était un gros paquet avec mon nom dessus…

Merry sentit des larmes lui brouiller la vue. Son frère rêvait de posséder son propre ordinateur depuis si longtemps…

— Oh, Jayson… C'est parfait.

Il l'enlaça par la taille, comme si ne pas avoir pu la serrer contre lui pendant quelques minutes lui avait été insupportable.

— Ce qui est parfait, murmura-t-il, c'est d'être ici avec toi et ta famille.

Émue, Merry se lova contre son épaule.

— Tu n'avais pas à nous ramener tous ces cadeaux, tu sais. Tant que je t'ai, toi, je n'ai besoin de rien d'autre.

Jayson posa un doigt sous le menton de Merry pour pouvoir la regarder dans les yeux.

— Tu vas m'avoir très longtemps, j'espère. Mon cousin m'a dit un jour que, quand on trouve l'âme sœur, on le sait. Il avait raison.

— Moi aussi, répondit-elle dans un souffle. Moi aussi, je le sais.

VOUS AVEZ AIMÉ CE LIVRE ?

Découvrez une autre romance de Debbie Macomber !

Times Square, le soir du Nouvel An.
Lucie et Aren se rencontrent par hasard. Le coup de foudre est immédiat ! Mais très vite, un coup du sort les sépare, les laissant sans aucun moyen de reprendre contact.
Un an plus tard, Lucie est chef d'un nouveau restaurant au succès retentissant et Aren travaille pour un grand quotidien de la ville. Malgré tous les mois qui ont passé, ils n'ont jamais oublié cette belle soirée – et Shirley, Goodness, Mercy et Will, leurs anges gardiens, non plus. Pour aider le jeune couple à se retrouver, ils vont cuisiner un projet fou : mélanger un grand amour, une seconde chance et une bonne pincée d'espièglerie…
Un roman romantique et plein d'espoir digne des plus beaux miracles de Noël !

224 pages
7,99 €

Également disponible en version numérique

Achevé d'imprimer par Grafica Veneta
Dépôt légal : novembre 2018
Imprimé en Italie